U0657593

Tanizaki Junichiro

春琴抄

しゅんきんしょう

[日] 谷崎润一郎 著

竺家荣 译

作家出版社

春琴氏，本名鵙屋琴①，生于大阪道修町一药材商家，殁于明治十九年②十月十四日，其冢位于市内下寺町某净土宗寺院内。前不久，我路经此地时，忽萌生借此机会去拜祭其墓之念，于是进得寺内，请僧人指路。

"鵙屋家的墓地在这边。"杂役僧带我去了正殿后面。只见一簇山茶树荫处排列着好几座鵙屋家历代祖坟，独独不见春琴之墓。"多年前，鵙屋家有过这样一位女子……她的墓在哪里呢？"我描绘着春琴的模样问道。杂役僧略加思索，答曰："如此说来，那边高坡上的说不定是她。"随即引我朝东

---

① 鵙（jú）屋：日本姓氏。鵙，即伯劳鸟。
② 明治十九年即公元 1886 年。

面的阶梯状陡坡走去。

众所周知，下寺町东侧的后方高耸着一处高台，上面建有"生国魂神社"①，这陡坡便是由寺院内通向那个高台的斜坡。那里是大阪市内难得一见的树木繁茂之所，琴氏的墓就建在那斜坡中段一小块平整出来的空地上。墓碑正面刻有她的法名"光誉春琴惠照禅定尼"，背面刻的是"俗名鵙屋琴，号春琴，明治十九年十月十四日殁，享年五十八岁"，侧面刻着"门生温井佐助恭立"的字样。尽管琴氏一生没有改娘家姓，但由于她与"门生"温井检校②过着事实上的夫妻生活，故而其墓稍稍偏离鵙屋家祖坟，另择一处安放吧。据杂役僧说，鵙屋家早已没落，近年来鲜有族人前来祭扫，即便来了也几乎不来祭奠琴氏的墓，所以他没有想到这个墓会是鵙屋家族人的。

"如此一来，这亡魂岂不成了无缘佛③吗？"我问道。杂

---

① 生国魂神社：大阪最古老的神社，现在是著名旅游景点。
② 检校：盲人乐师最高一级的职称。
③ 无缘佛：指无人祭扫的坟冢。

役僧答曰："不能说是无缘佛，有一位住在萩茶屋那边的七十岁左右的老妇，每年都会来祭扫一两次。她祭扫过这个墓之后，"他指着春琴墓左边的一座墓说，"你看，这里不是有块很小的墓碑吗？她还要给这座墓焚香供花，请和尚诵经的费用也是她出的。"

我走到杂役僧指点的小墓碑前，只见其碑石只有春琴墓碑的一半大小，碑石正面刻着"真誉琴台正道信士"，背面刻着"俗名温井佐助，号琴台，鹀屋春琴之门人，明治四十年十月十四日殁，享年八十三岁"。原来这是温井检校的墓。关于那位萩茶屋的老妇人，后面还会谈及，此处暂且略过。只是此墓比春琴的小，且碑上刻有"鹀屋春琴之门人"，足见检校死后也要恪守师徒之礼。

此时，血色残阳刚好红灿灿地照射在墓碑正面，我伫立于山丘上，俯视展现在眼前的大阪市全景。想来这一带早在难波津① 时期便是丘陵地带，朝西的高台由此处直通天王寺

_____

① 难波津：大阪市的古称。

那边。而今，煤烟已熏得再不见葱翠草木，高大的树木皆是枯枝败叶，积满尘土，好不煞风景。当初修建这些墓地时，想必是苍松翠柏，满目苍郁吧？即使是现在，作为市内的墓地，这一带也属于最幽静、视野最开阔之地。因奇妙姻缘而相伴一生的师徒二人长眠于此，俯瞰着暮霭下屹立着无数高楼大厦的东洋最大的工业都市。然而，大阪已今非昔比，检校在世时的模样早已无可寻觅。唯有这两块墓碑，仿佛仍在相互诉说着师徒间的深厚情缘。

温井检校一家信奉日莲宗①，除检校外，温井家的墓都建在检校的故乡——江州日野町的某寺院里。唯独检校背弃祖辈的宗旨，改信了净土宗。此举乃是出于殉情之念，以便死后也守在春琴身边。据说早在春琴生前，师徒二人就已商定了死后的法名、两块墓碑的位置及比例等。据目测，春琴的墓碑约高六尺，检校的墓碑高似乎不足四尺，两块墓碑并排立于低矮的石坛上。春琴墓的右侧种有一棵松树，葱绿的枝

---

① 日莲宗：日本的佛教宗派，镰仓时代成立，创始人为日莲上人。

叶伸向墓碑的上方，恰似屋檐遮盖其上。在那松荫未能遮盖的左侧两三尺远的地方，检校的墓犹如鞠躬般侍坐一旁。见此景象，不禁令人推想检校生前侍奉师傅时那恭谨有加、如影随形的光景，恍惚觉得这石碑有灵，今日仍在享受往日的幸福一般。我在春琴墓前恭恭敬敬地跪拜之后，伸出手去抚摸检校的墓碑顶部，在山丘上逗留良久，直到夕阳隐没在大都市的远方。

我近日获得的一些书籍中有一本薄薄的线装印本，书名是《鹈屋春琴传》，约莫三十页，以四号铅字印在和制抄纸^①上。此书乃是我知晓春琴其人的端绪。据我推测，它应该是徒弟检校在春琴三周年忌时请人编写的师傅传记，为的是送与来客留念，故而采用文言文写就，且以第三人称称呼检校。不过，素材无疑是检校提供的，或将此书的真正作者视为检校本人亦无不可。

---

① 和制抄纸：不使用黏着剂，将葡蟠、瑞香等植物的浆液过滤而成的纸张。

此传所载："春琴家，世代称鹏屋安左卫门，居大阪道修町，经营药材，春琴父乃第七代掌柜也。母繁氏，出身京都麸屋町迹部氏家，出嫁安左卫门家后育有两男四女。春琴为次女，生于文政十二年①五月二十四日。"又曰："春琴自幼颖悟，姿态端丽优雅，其美无可比拟。四岁习舞，生来知晓举止进退之法，举手投足婀娜多姿，虽舞伎亦不能及。其师常啧啧称奇，喟叹曰：'嗟乎！此女以其才其质，可期扬娇名于天下，然生而为良家女子，不知谓之幸焉？不幸焉？'且自幼读书习字，长进颇速，竟至二兄之上。"

倘若这些记述出自奉春琴若神明的检校之笔，其真实度不知可信几分。不过，春琴天生"端丽优雅"之句，确有诸多事实可以为证。彼时妇人的身材大多低矮，据说春琴身高亦不足五尺，面庞及手足均小巧纤细。从今日尚存的一张春琴三十七岁时的照片来看，她有着一张眉清目秀的瓜子脸。那妩媚柔美的五官，宛如用纤纤玉指细细捏就一般小巧

---

① 文政：仁孝天皇的年号，文政十二年是 1829 年。

玲珑,仿佛随时会消失不见。由于这张照片毕竟是明治初年或庆应①年间拍的,相片上星星点点,就如记忆因年代久远而变得模糊一般,故而给人留下了如此感觉吧。不过,从这张朦胧的照片中,除了可以看出大阪富商家女子的优雅气质外,还给人印象浅淡,虽容颜美丽却缺少个性。说到年龄,若说她此时三十七岁自然不错,但也未尝不像二十七八岁的年纪。

拍这张照片时,春琴氏已双目失明二十余载,但看上去并不感觉她已失明,倒像是闭着眼睛。佐藤春夫②曾说:"聋者看似愚人,盲者看似贤者。"只因聋者每当听人说话时,会蹙起眉头,张口瞪目,或斜首或仰面,给人呆头呆脑之感,而盲人则默然端坐,低眉垂首,宛如瞑目沉思,俨然深思熟虑者,故有此说。不知此说能否适用于一般。恐怕是由于我们已经看惯了佛或菩萨之目,即所谓"慈眼观众生"的慈眼乃半开半闭,便觉得闭着眼睛比睁着眼睛更为慈悲、吉

---

① 庆应:年号,指 1865 年到 1868 年间。
② 佐藤春夫(1892—1964):日本小说家、诗人,著有《野菊之墓》《田园的忧郁》等作品。

祥，有些场合还会生出敬畏吧。也许是因为从春琴那紧闭的眼睑中也能感觉她是一位非常温柔善良的女子吧，看此照片时竟如瞻仰一幅古旧的观世音菩萨画像般，隐约感受到了慈悲。据说，前后都算上，春琴的照片也只此一张，因为在春琴幼年时，摄影术尚未传入日本，而且拍这张照片那年她又遭遇意外之灾，尔后绝不留影。我们除了借此张模糊的照片来想象她的风姿容貌外，别无他途。

看了以上说明后，读者眼前会浮现出一副怎样的容貌呢？恐怕只能在心里描绘出残缺不全的朦胧形象吧。其实，即使看到这张照片，春琴的形象也未必会更清晰。说不定，照片比读者想象出来的更加模糊也未可知。想来春琴照这张照片时，即三十七岁那年，检校业已成了盲人，因此可以认为，检校在世时最后看到的春琴容貌应与这张照片相近。那么，检校晚年时留在记忆中的春琴模样，会是这种模糊不清的形象吗？不然就是检校借想象弥补那渐渐变得淡薄的记忆，从而一点点虚构出了与春琴迥然不同的另一位高贵女子吧。

《春琴传》接下来记述："因而双亲视春琴如掌上明珠，唯宠此女，其余五兄妹不能及。春琴九岁时，不幸患眼疾，不几日，双目完全失明，双亲悲痛万分。其母怜惜爱女遭此不幸而怨天尤人，一时如癫若狂。春琴从此断弃习舞之念，专心学习古筝、三弦琴，发奋钻研丝竹之道。"

至于春琴究竟患的是何种眼疾，书中未说明。传记中的记载仅止于此，但检校后来对人说过这样一番话："正所谓树大招风！只因师傅才艺、容貌出类拔萃，一生之中竟两度遭人忌恨，师傅如此命途多舛，完全是这两次灾难造成的。"联想此番话，似乎其间另有隐衷！检校还说过："师傅得的是风眼①。"据说春琴自幼娇生惯养，难免有些骄矜，但言谈举止极其可爱，对下人十分体贴，加上个性活泼开朗，与人相处和睦，兄弟姊妹亦友爱无间，受到全家人的喜爱。只有小妹的乳母不满春琴父母偏向此女，一直对她怀恨在心。众所

---

① 风眼：淋菌性结膜炎的俗称。

周知，风眼这种病乃是花柳病菌侵入眼黏膜引发的，因此检校的言外之意是这个乳母用某种方法致使春琴双目失明。不过，难以判断检校此话是握有真凭实据呢，还是他个人的猜想。从春琴日后的火暴脾气来看，不免不让人猜疑或许就是这一事件改变了她的性情。不仅如此，检校因过于同情哀叹春琴之不幸，言辞间往往不知不觉流露出中伤、诅咒他人的倾向，所以不可完全相信他的话，乳母嫉恨云云说不定也只是检校的臆测而已。总而言之，我在此有意不究原因，只说明春琴九岁时已双目失明足矣。

传记还称："春琴从此断弃习舞之念，专心学习古筝、三弦琴，发奋钻研丝竹之道。"换言之，春琴之所以移情于抚琴，乃双目失明所造成。据说她本人也认为自己的天分其实在舞艺上。她常常对检校诉说："夸赞我古筝和三弦琴弹得好的人，是因为不了解我。要是我眼睛能看见，绝不会移情于琴的。"这话的言外之意就是"在我不擅长的琴曲方面尚且如此，何况其他……"，由此可窥见她自负的一端。不过，这些话也可能被检校多少润色过了，至少不排除这样的可能性：检校听到春琴一时兴起随口说的这番话，感慨系之并铭记于心，为美化春琴而赋予其深意。

前面提到的那位住在萩茶屋的老妇人，名叫鸭泽照，是生田流①的勾当②，曾殷勤侍奉过晚年的春琴和温井检校。据这位勾当说："听说师傅（指春琴）舞艺非常好，而古筝和三弦琴也是从五六岁时起跟着春松检校学艺，而后一直勤学苦练，因此并非失明以后才改学丝竹的。听检校说，良家女子自幼学艺是当时的习俗。师傅十岁时，便能记住《残月》③这种高难度的曲子，并能独自用三弦琴弹奏出来。可见，在音乐方面，师傅也具有凡人不能企及的天赋，只不过是双目失明后丧失了其他乐趣，便对此道愈加精益求精，刻苦钻研了。"此说大抵属实，说明春琴的真正天赋原本就在音乐方面，而她在舞艺上到底造诣如何，反倒让人生疑了。

---

① 生田流：筝曲的鼻祖之一，创始者是京都的生田检校（1656—1715），主要在关西一带流传，着眼点在乐器而不在唱。
② 勾当：官阶次于检校的盲人乐师。
③ 《残月》：生田流的筝曲之一，作曲者是大阪的峰崎勾当。为追悼弟子之死于一周年忌时所作的祈福曲，后广为流传。

虽说春琴刻苦钻研音曲之道，但她本是不愁生计的富家千金，起初并未打算靠此艺谋生。后来春琴以琴曲师傅自立门户，乃其他原因所致。即使自立之后，她也并未以此为生，因为每月道修町的父母会送钱来，其数额绝非教授琴曲的收入可比。然而，这么多钱依然不足以支付她奢侈铺张的开销。这说明初时春琴并没有考虑到将来，纯粹是出于自己的喜好钻研技艺，其天赋才华加上后天勤勉的助力，使她进步飞速。"十五岁时，春琴已是技艺超群，即便在同门子弟中，也无人可与春琴比肩。"这一记述应该是真实的。

鹈泽照勾当说过："师傅常常自豪地说：'春松检校是一位要求极严苛的先生，但我从未受过他的斥责，反倒多次得到先生的称赞。每次去学艺，先生必定亲自给我示范，非常和蔼耐心，所以我完全体会不到别人惧怕先生的心情。'师傅没有尝过学艺之苦，却达到如此高度，正是师傅的天分使然啊！"

春琴乃是鹈屋家的千金小姐，纵然是严师，也不可能像训练一般艺人之子那样严厉，多少会把握些分寸。加之在那期间，春琴虽生于富家却不幸成了一位盲人，对这般可怜的少女，师傅自然会抱有庇护之情吧。不过最重要的，还是因为检校师傅爱惜、看重春琴的才华。他关心春琴胜过关心自己的孩子。春琴偶有微恙而缺席时，他会立即差人去道修町探问或亲自拄杖去探望。他为自己有春琴这样一个徒弟而自豪，常向人夸耀，还在同业的门徒们聚会的场合对他们训诫："你们都要以鹀屋家小阿姐为楷模！（在大阪，人们把富家小姐称作'大姐'或'阿姐'。与姐姐相对应，对妹妹称呼'小大姐'或'小阿姐'。这种称呼沿袭至今。春松检校也曾当过春琴姐姐的师傅，与其家人关系亲密，所以这么称呼春琴吧）你们不久就要凭这本事吃饭了，技艺却不及一个学着玩的小阿姐，那怎么能行啊。"当听到有人责怪他过分偏爱春琴时，他振振有词地答曰："简直是胡说。为人师者，对徒弟要求严格才是真正关爱学生。为师从没有责骂过春琴那个女孩子，正说明对她不够关心。这孩子天生就是个学艺的坯子，悟性极好，哪怕为师放任自流，她也自会达到应有的水平。如若认真加以指点，她必将后来居上。如此一来，你们这些从艺者岂不颜面扫地？与其将这样生于富贵人家不愁吃穿的女子教授得出类拔萃，不如培养天性愚钝者到能以此自立。出于这个心思，为师才这般尽心竭力教授你们，可你们却完全不能理解为师这片苦心！"

春松检校的家在靭町，离道修町鹈屋家的店铺有十丁左右①的距离。春琴每天在小伙计的搀扶下，前去学艺。这小伙计是个名叫佐助的少年，也就是后来的温井检校。他和春琴的姻缘即萌生于此时。

如前所述，佐助是江州日野町人，家中也是开药铺的。据说他的父亲和祖父在学徒时期都曾来到大阪，在鹈屋药店做过伙计。所以，对佐助来说，鹈屋家是他家祖祖辈辈的东家。佐助长春琴四岁，是十三岁时来鹈屋家做学徒的，也就是春琴九岁失明那年。因此佐助来到鹈屋家时，春琴已经永远闭上了她那双美丽的眼睛。佐助从未曾见过春琴的明亮眼

———————————

① 丁：日本长度单位，一丁约为109米。

眸，但他直到晚年也不曾抱憾，反而觉得无比幸福。因为如果看到过春琴失明前的模样，或许会觉得她失明后的相貌有缺憾吧。因此，在佐助眼里，春琴的容貌没有丝毫缺憾，从一开始就是完美的。

现今，大阪的上流家庭竞相移往郊外居住，大家闺秀们也喜欢上了体育运动，经常去野外接触空气和阳光，所以，从前那种大门不出二门不迈的深闺佳人已经没有了。但是，现今还住在市区的孩子们，体质大都比较纤弱，脸色苍白，与那些乡间长大的少年、少女全然不同，说得好听些是白皙文静，说得难听些就是一种病态。这种现象不仅限于大阪，大都市里都差不多。唯独江户是个例外，连女子都以肤色微黑为美，自然不及京阪人白净。

像大阪老式家庭中长大的哥儿那样，男人们都如同戏台上的年轻男角，身形纤细，弱不禁风，直到三十岁前后，肤色才逐渐变深，脂肪增多，身体骤然发福，有了绅士派头。但在以前，他们肤色和女人一样白皙，衣着喜好也颇有脂粉气，更何况旧幕府时期富裕商家的娇小姐了。她们生长在空气流通不畅的深闺中，与世隔绝一般，肌肤更是雪白细腻得近乎透明。在来自乡下的少年佐助眼中，这些女子不知有何等妖艳呢！那时，春琴的姐姐十二岁，大妹妹六岁。在初次进城的乡巴佬佐助看来，每位小姐都是在穷乡僻壤罕见的美少女，尤其是双目失明的春琴。她身上不寻常的气韵打动了佐助的心。他甚至认为，春琴那双闭着的眼睛比她姐妹睁着的双眸更加明亮、更加美丽动人。这张脸若不配上这样一对闭着的眼睛，反倒不好看了，她本来就该是这样闭着眼的。

大多数人都夸赞四姐妹中春琴长得最美，即便如此也很难说没有几分怜悯春琴是个盲人的感情起作用，只有佐助与众不同。多年后，人们说佐助爱上春琴乃出于同情和怜悯，佐助对此十分厌恶，他万万没有想到竟然会有人这样看他。佐助说："对师傅的容颜，我从没有产生过什么可惜或可怜的念头。同师傅相比，倒是眼睛看得见的人更可悲呢！以师傅那样的气质和才貌，何需乞求别人的同情，倒应该是师傅怜悯我，说：'佐助，你真可怜。'我和你们这些人，除了眼睛、鼻子不缺外，哪样都比不上师傅。其实我们才是真正的残疾呢。"不过，这些是后话，起初佐助多半是把自己炽热的崇拜深埋在心里，尽心尽力伺候春琴的。或许佐助当时没有意识到自己对师傅的爱吧。即使意识到了，对方是天真无邪的小阿姐，而且是自己家好几代东家的小姐，能有幸成为小姐的随从，每天接送小姐去学艺，佐助已经得到慰藉了。想来佐助只是一个新来的小学徒，竟被派给这么金贵的小姐，牵着她的手带路，岂不叫人纳闷？其实，起初并没有固定由佐助一人带路，有时由女仆陪同，有时是其他家童、小伙计。但是，有一次，春琴说道："我想要佐助陪同。"从此往后，这引路人的差事便固定给佐助一个人了。其时，佐助已十四岁。他对获此殊荣感激涕零，每天握着春琴的小手，走上十丁的路，送春琴去春松检校家学艺，等春琴上完课再牵着她的手领回家来。一路上，春琴几乎不说话。只要小姐不开口，佐助便沉默着，小心谨慎地领着小姐走路，尽量不出什么差错。每当有人问春琴"小阿姐为什么喜欢佐助陪呀"的时候，春琴总是回答："因为他比别人都老实，从来不说无用的话。"

前面已经交代过，春琴原本非常可爱，对人和蔼，但是自双目失明后，性格变得乖僻忧郁，很少开怀大笑，也不爱说话了。因此，佐助不多嘴多舌，只是小心翼翼地尽心服侍，不惹她心烦，这一点大概正合她的意吧。（佐助曾说"我不愿看到春琴的笑容"，可能是因为盲人笑的时候显得憨傻，很可怜，让他在感情上无法忍受吧）

那么，春琴所说的佐助不多嘴多舌、不惹她心烦等，到底是不是她的真实想法呢？莫非春琴朦朦胧胧地感受到了佐助对自己的爱意？尽管她还是个孩子，也不免心里喜欢吧。她只是个年仅十岁的少女，似乎不大可能，但考虑到春琴这般聪颖早熟，加上双目失明导致她变得格外敏锐，也不能说这是异想天开的臆测。春琴气性清高至极，即使日后意识到自己对佐助的恋情后也没有轻易打开心扉，很久都没有接纳佐助。因而，虽说对这一说法多少有些疑问，但至少表面上看，佐助这个人最初在春琴心里几乎是没有什么位置的——至少佐助自己这么认为。

每次搀扶春琴时，佐助总是把左手伸至春琴肩部的高度，手掌向上，等待春琴的右手放上来。对春琴来说，佐助不过是一只手掌而已。有什么事要使唤时，她也是只用手势或颦眉来表示，或像打哑谜般自言自语两句，从不明确表达自己的意思。如果佐助一不留神，没有注意到，她必定不高兴。因此，佐助必须随时保持紧张状态，察言观色，以免漏掉春琴的表情和动作，仿佛在接受"注意力测试"一般。

　　春琴本是个被娇惯坏了的任性小姐，加上盲人特有的刁难心态，使佐助不敢稍有疏忽。有一次去春松检校家学艺，正在按顺序等候上课的时候，佐助忽然发现春琴不见了，不禁大吃一惊，在周围寻找一圈后，才发现春琴不知什么时候自己摸索着去了厕所。以往春琴要解手都是默不作声地走出去，佐助注意到后便会立刻追上去，牵着她的手，引她到门口，自己在门外候着，等春琴出来后再用水勺舀水给她洗手。但是，佐助这天稍不留神，春琴独自摸着上厕所去了。当她出来正要伸手取水盆里的勺子洗手时，佐助才跑了过来，声音颤抖地说着："太对不起了。"但是，春琴摇着头说："不用了。"这种情况下，如果一听春琴说"不用了"便回答一声"遵命"，顺从地离开，后果就更糟糕了。最好的办法是从她的手里把勺子夺过来，为她浇水洗手，这就是伺候春琴的秘诀。还有一次，在一个夏日的午后，也是在师傅家等候上课时，佐助站在春琴身后，春琴自言自语地吐出一句："好热啊。"佐助便附和道："的确是很热。"但是，春琴没有再说话。过了片刻，春琴又道："好热啊。"佐助这才醒悟，马上拿起手边的团扇，从背后给春琴扇扇子，她才露出满意的表情。不过，只要扇得稍微轻点儿，春琴马上连呼"好热、好热"。

由此可见春琴多么倔强而任性。实际上，她只对佐助一个人这样，对其他仆人并非如此。春琴本已养成这种个性，再加上佐助对她百依百顺，使她的骄纵任性在佐助面前变得无以复加。春琴觉得佐助好使唤，想必也是这个原因。佐助也不觉得伺候春琴是一件苦差事，反而乐在其中。他大概是把春琴这种刁蛮任性，看作是对自己的依赖或一种恩宠了吧。

春松检校教授技艺的房间位于内院的二楼上，轮到春琴练习时，佐助便领着她走上楼梯，扶着她在检校的对面坐好，再把古筝或三弦琴摆在她面前，然后自己下楼返回休息室等候。授课结束后，他再上楼去接。在等候的这段时间里，佐助当然也不能松懈，要时刻竖起耳朵倾听课是不是快上完了。一结束，不等主子召唤，他就得赶紧起身上楼迎接。一来二去，春琴所学入了佐助的耳朵，也就不足为怪了。佐助对音乐的兴趣就是这样逐渐养成的。佐助后来成为琴曲行当的一流大家，一方面是他有音乐天赋，但另一方面如果没有伺候春琴的机会，没有时时处处渴望与春琴融为一体的炽烈爱情，他也只能成为一介开设鹍屋分号的药材商，平庸终此一生罢了。后来，佐助双目失明，获得检校称号后，仍经常表示自己的技艺远不及春琴，完全是凭借师傅的教导才有今日成就的。由于佐助一向把春琴捧上九天之高，一而再再而三地贬低自己，所以他的话自然不能全盘取信。技艺的优劣姑且不论，春琴更有天赋而佐助更勤奋刻苦，是毋庸置疑的。

佐助为了悄悄购置一把三弦琴，从十四岁那年年底开始，将东家平日里给的津贴及送货时货主给的赏钱等攒起来，到了第二年夏天，终于买了一把粗劣的练习用的三弦琴。为了不被掌柜发现，佐助分两次把琴杆和琴身藏在睡觉的阁楼上，每天夜里等其他伙计睡着后才开始练习。当然，佐助当初来鹈屋家当学徒是为了继承家业，不承想自己将来会以音曲为业，也没有这样的自信。这完全是出于对春琴的忠心，只要是她喜爱之物，自己也要喜爱起来——竟痴迷到这般地步。佐助丝毫没打算把学习乐曲作为获得春琴爱情的手段，他竭力不让春琴知道自己在学琴一事即可证明。

由于佐助和小伙计、小学徒等五六个人睡在一间站直了会碰到脑袋的低矮阁楼里，他以不妨碍其他人睡觉为条件，央求众人为他保守这个秘密。这些伙计正当贪睡的年纪，一躺倒在床上便呼呼睡死了，自然没有一个人抱怨。但佐助还是等到大家都睡熟后才爬起来，钻进已拿空了被褥的壁橱中，练习弹三弦琴。正值盛夏之夜，那阁楼上已相当闷热，关在壁橱中可想而知有多么热了。但是这样既可以防止琴声传出去，还可以把打鼾声、梦话之类的响声挡在壁橱外。当然，佐助只能用指甲弹奏，不能用拨子。他在没有灯光的一片漆黑中摸索着弹奏，但丝毫不觉得有什么不便。盲人总是待在这种黑暗中的，小阿姐也是在这种黑暗里弹三弦琴的。一想及此，自己也能置身于同样黑暗的世界里，令他感到快乐无比。直到后来，得到公开练习三弦琴的许可后，佐助说："若是不和小阿姐一样就对不住她！"所以每当拿起乐器时，他就闭上眼睛，并逐渐养成了习惯。也就是说，佐助虽然不瞎，却想要经受与盲人春琴同样的苦难，尽可能去体验那种不方便的境况，有时简直像羡慕盲人似的。他后来真的成了盲人，也非偶然，与少年时代就有这种慈悲心是分不开的。

不论弹奏何种乐器，要达到炉火纯青的程度绝非易事，况且古筝和三弦琴杆上没有任何音阶标记，每次弹奏前都得调弦，这更是难上加难，想演奏曲子谈何容易，因此最不适合自学，何况当时还没有乐谱。人们都说："若拜师学习，古筝三个月，三弦琴须三年。"佐助没有钱买古筝那么贵的乐器，再说他也不能把那么大的器物搬进学徒住的地方来，无奈只好从三弦琴起步。据说佐助一上手就会调弦定调，这表明至少他辨别音准的天赋要比一般人高，同时也足以证明佐助平时陪伴春琴去检校家，在外面等候时是多么全神贯注地在倾听他人习琴！音准、曲词、音高、曲调，一切他都得靠耳朵来记忆。就这样，从十五岁那年的夏天开始练琴，在半年左右时间里，除了同屋的几个人外，他一直没有被人察觉，直到这一年冬天发生了一件事。

一天拂晓，说是拂晓不过是冬天凌晨四点钟光景，外面还是一片漆黑，鹀屋家的女主人，即春琴的母亲繁氏起来如厕，隐约听见有人在弹《雪》[①]，也不知是从哪里传出来的。古时有"寒练"一说，就是在寒冬腊月的拂晓时分，冒着凛冽的寒风苦练基本功。然而这道修町一带多是药材铺，街坊

[①] 《雪》：地方歌谣中的三弦琴名曲。江户末期，峰崎勾当作曲，表现了雪静静飘落的意境。

四邻都是规矩的商家，并没有艺能界的师傅或从艺者居住，也没有一户从事不正经生意的人家。再说，此时正是半夜三更，夜阑人静，即使是寒练也太早了些。若真是寒练，也该用拨子着力拨动琴弦，怎么会用手指轻轻弹奏呢？而且还反复地练习一个音节，直至弹奏准确为止，可知此人练琴极其刻苦认真。当时，鸨屋家的女主人虽感惊讶，也没太当回事，回屋去睡了。从那往后，女主人只要夜里起来如厕，便会听到琴声。如此两三次后，她对别人一说，对方也附和道："这么说来，我也听到过。不知是什么人在弹呢？似乎不像是狸鼓腹①的声音啊。"当伙计们还一无所知时，此事已经在内宅传开了。

佐助若是整个夏天一直躲在壁橱中练习，也便无事，可他感觉没有人发现，胆子渐渐大了起来。加上他一直是利用店里繁忙活计的片刻间歇来补充睡眠，坚持夜间练琴的，因此日渐睡眠不足，一到暖和的地方就犯起困来，于是从秋末

---

① 狸鼓腹：日本民间传说中，有狸猫会在过节时，半夜鼓起肚皮当鼓敲，拍腹自乐。

开始，他每夜悄悄地跑到晾台上去练琴了。佐助总是在亥时即晚上十点钟和大家一起就寝，到三点钟左右醒来，抱起三弦琴去晾台，在瑟瑟寒气中独自练琴，直到东方微微发白再回去睡一会儿。春琴母亲听到的琴音正是佐助发出来的。大概是因为佐助偷偷去练琴的那个晾台就在店铺的屋顶上，因此，比起睡在晾台下阁楼里的伙计们，倒是睡在隔着中庭花木的内宅的人，一打开檐廊上的防雨窗便会听到佐助练琴的声音。

鉴于内宅出现这样的议论，主人挨个儿查问了店员们，终于搞清楚是佐助在练三弦琴。不消说，佐助立刻被掌柜叫去，挨了一顿训斥，并被警告下不为例，否则没收三弦琴。就在此时，有人从意料不到的地方对佐助出手相救——内宅有人提出"不妨先听听佐助弹得如何再说"，主张者正是春琴。佐助原以为若春琴得知此事必定不高兴。自己身为小学徒，本应老老实实尽到领路的本分，却做出如此不知天高地厚的事来，也不知春琴是可怜还是嘲笑呢，反正不会有什么好事。所以，佐助一听到内宅表示"让他弹一曲来听听吧"时，反而畏葸不前了。他想，倘若自己的真诚能够上通神明，打动小阿姐的心，自然是三生有幸。但他还是觉得，春琴此举只不过是拿他寻开心，多半是戏弄一番罢了。再说，自己也没有在众人面前奏曲的自信。

可是，既然春琴提出要听听，无论自己如何推辞，她也不会允许的。她的母亲和姐妹们也都十分好奇，佐助遂被唤至内宅，给她们表演私下练习的技艺。对佐助来说，这实在是前所未有的场面。当时，佐助已经好歹学会了五六支曲子，当春琴命他"把你会的全部弹一遍"时，佐助只好壮着胆子，十二分卖力地将自己所会的逐一弹了一遍。有较容易的《黑发》①，也有较难的《茶音头》②，还有一些平日零敲碎打凭着耳听心记学来的曲子，因此难易不均，杂乱无章。或许如佐助所猜测的那样，鵙屋家的人原本是打算拿他取笑取笑的，没想到听了弹奏，发现他在如此短的时间里居然无

① 《黑发》：长歌谣的曲名，内容表现女子的妒忌，在大阪广为流行，常作为入门时的初级练习曲。
② 《茶音头》：地方歌谣。原是一种筝曲，后由菊冈检校改编为三弦琴曲，旋律轻快，长度适中，成为生田流的流行曲。

师自通，不但指法准确，曲子也弹得有模有样，众人都非常赞叹。

《春琴传》中记载："彼时春琴爱怜佐助之志，曰：'汝诚心可嘉，日后妾愿教汝习琴，汝有余暇，可随时问教于为师，切望勤勉精进。'春琴之父安左卫门，亦首肯此事。佐助喜出望外，从此往后恪尽学徒本职之余，每日必定挤出时间，仰承师教。如此这般，十一岁少女与十五岁少年，于主仆外又结师徒之契，实乃可喜可贺。"

脾气乖戾的春琴突然变得对佐助如此温情，究竟何故？据说，此事并非春琴的意思，而是周围的人有意促成。细想一下，一个双目失明的少女，即使生活在优裕的家庭里，也往往会感到孤独，心情忧郁。因此，双亲自不待言，就连众女仆也会觉得小姐难伺候，正苦于没有什么办法能使小姐心情舒畅之际，恰好发现佐助试图投合春琴情趣一事。为春琴的任性而大伤脑筋的内宅仆人们，便想趁此机会把伺候小姐的苦差事推给佐助，自己多少可以轻松一些，于是怂恿春琴："这佐助真是非同一般哪。若能得到小阿姐的精心教导，他会怎么想呢？一定会无上欢喜，对小姐感恩戴德吧……"

问题是如果怂恿过了头，脾气古怪的春琴未必会中这些人的圈套。只不过因为事到如今，连春琴也不觉得佐助可恶，而是从心底里涌起了春潮也未可知呢。不论怎么说，春琴提出收佐助为徒，对春琴的双亲、兄弟和众仆人而言都是求之不得的好事。至于一个十一岁的女孩子，纵然天资聪颖，究竟能否担起师傅之责，谁也顾不上考虑了，只想如此一来可以排遣春琴的寂寞，身边的人都可以轻松了。说穿了，这不过是搞了个"当老师"游戏，命佐助当学生，陪着春琴玩罢了。与其说这是为佐助着想，不如说这是为了春琴的安排才对。不过，从结果来看，倒是佐助获得的恩惠更多。《春琴传》中虽有"从此往后恪尽学徒本职之余，每日必定挤出时间，仰承师教"的记载，但佐助每天牵着春琴的手为她领路，一天中有数小时花在伺候春琴上，现在又加上被她唤到房里去学习音乐，想必无暇顾及店里的活计了。安左卫门虽然觉得人家是为了培养孩子将来经商，送来当学徒的，自己却让他陪伴女儿，怪对不起孩子老家父母的，但是考虑到让自己女儿快乐比一个学徒的将来更重要，况且佐助自己也希望这样，便默许了——姑且先这样顺其自然吧。佐助称春琴为"师傅"，便是从这时候开始的。平时可以称"小阿姐"，但上课时，春琴要求佐助必须称她为"师傅"。她自己也不再叫他"佐助君"，而是直呼"佐助"。这一切做法均照搬春松检校对待弟子之法，彼此间严守师徒之礼。如人们所希望的那样，天真无邪的"当老师"游戏一直继续下去，春琴也乐在其中，忘却了孤独。

然而年复一年，两人丝毫没有要终止这场游戏的意思。过了两三年后，师傅也好，徒弟也罢，竟然都脱离了游戏的层次，渐渐认真了起来。春琴每天下午两点钟左右，去靭町的检校家学艺，学习三十分钟至一个小时，回到家中后复习当天的功课直至日暮。晚饭后，兴致好时，她就会把佐助唤至楼上的闺房里，教他学艺。时间长了，这渐渐变成了每日不可或缺的功课。有时候直到九十点钟，春琴仍不放佐助出门，还经常听到她严厉的呵斥声："佐助，我是这样教你的吗?""不行不行! 你给我弹个通宵,直到弹好为止!"楼下的仆人们听了甚为吃惊。有时候,这位小师傅还一面骂佐助"笨蛋,你怎么老记不住啊",一面用拨子敲他的脑袋,徒弟佐助便抽泣起来。这样的情景已是屡见不鲜。

众所周知,从前收徒授艺,师傅都极尽严苛,对弟子进行体罚也是常事。今年(昭和八年)二月十二日的《大阪朝日新闻》①周日版面上,刊载了小仓敬二君写的一篇题为"木偶净琉璃艺人血泪斑斑的学艺"的报道。文中说,摄津大掾②死后的名家,第三代越路太夫③的眉间有一大块伤疤,形如新月,据说是他的师傅丰泽团七④一边骂着"你何时才能记住"一边用拨子把他戳倒在地留下的。此外,文乐座⑤的木偶戏演员吉田玉次郎的后脑勺上也有一块同样的伤疤,那

---

① 《大阪朝日新闻》:创刊于明治十二年,现已与《东京朝日新闻》合为《朝日新闻》。
② 摄津大掾:指竹本摄津大掾(1836—1917),越路大夫二世,明治时期义大夫名人,明治三十六年获小松公赐予摄津大掾称号。
③ 即竹本越路太夫(1865—1924),摄津大掾的门徒,1903 年继位。
④ 丰泽团七(1840—1923):江户时代末期至大正时期的人形净琉璃三弦琴师。
⑤ 文乐座:日本近代的木偶戏剧团。"文乐"即人形净琉璃。

是玉次郎年轻时辅助师傅——大名人吉田玉造出演《阿波的鸣门》①留下的。师傅在"抓捕"一场戏里操纵十郎兵卫这个角色，玉次郎负责操纵该木偶的腿部动作。可是，当时玉次郎无论怎么操作木偶的腿都不能使师傅玉造满意，只听师傅骂了声"笨蛋"，操起木偶格斗用的道具刀，朝着徒弟的后脑勺哐当一声砍了下去，那刀疤至今未消失。这位砍了玉次郎的玉造师傅，也曾被他的师傅金四用这个十郎兵卫木偶砸破过脑袋，那个木偶都被血染红了。事后玉造向师傅要来了那只血迹斑斑的砸断了的木偶腿，用丝绵裹好，珍藏在白木箱里，不时取出来如同在慈母的牌位前叩拜一般对着它磕头。玉造常常哭着对人说："要是没有这个木偶的教训，说不定我只能做个平庸艺人终此一生了。"

此外，上代大隈太夫在学艺时期因身体像牛一样笨重，故而被人称为"笨牛"。但他的师傅却是那位有名的丰泽团

---

① 《阿波的鸣门》：平松半二等人合作的净琉璃传统剧目《倾城阿波鸣门》，讲述的是藩士阿波十郎兵卫夫妇效忠主人的故事。

平①，俗称"大团平"，乃是近代三弦琴巨匠。一天夜晚，正是闷热的盛夏时节，这位大隅在师傅家学习《木下荫狭间合战》②中的《壬生村》一出戏，其中有一句台词是"这护身符可是先人遗物啊"，大隅怎么也念不好。他念了又念，反反复复好多次仍过不了师傅这一关。师傅团平放下蚊帐，钻进帐子里听，大隅却忍受着蚊子的叮咬，一百遍、二百遍、三百遍，无止无休地反复念着。夏夜很短，东方渐渐发白了。师傅大概也倦了，仿佛睡着了似的，但还是不说"可以了"。于是，大隅发挥了他那"笨牛"特有的倔劲儿，坚忍不拔地一遍遍念下去，终于听到团平在蚊帐里开口说"可以了"。好像睡着似的师傅其实根本没合眼，一直在聚精会神地听着呢。

诸如此类的逸闻不胜枚举。此事绝不限于净琉璃的太夫③以及净琉璃演员，在生田流的古筝和三弦琴的传授中也

---

① 此处指二世丰泽团平（1827—1898）。
② 《木下荫狭间合战》：净琉璃名剧，共十段，《壬生村》是第九段。"木下"即木下藤吉郎（织田信长的军师），"狭间"意为山谷，"合战"即交战之意。
③ 太夫：地位高的艺人。

有着同样的情况。况且这一行的师傅多为盲人检校，残疾者往往性格偏执，严厉苛责徒弟的现象自然不会少。上面已说过，春琴的师傅春松检校的教法也素以严厉著称，常常开口就骂，举手就打。由于师徒大多是盲人，所以徒弟受到师傅打骂时常常会后退躲避，竟然发生过抱着三弦琴从二楼上滚落下去的事件。春琴挂牌"琴曲指南"收徒后同样以严酷而闻名。此乃承袭其师教法，也顺理成章。不过，春琴的严厉从教授佐助的时候就有了苗头，也就是说早在幼年玩游戏时已初露端倪，后来逐渐发展成真打真骂。

有人说，男师傅打骂弟子的例子数不胜数，但是像春琴这样女师傅打骂男弟子的却不多见。由此看来，莫非春琴生性就有几分施虐倾向，借口教艺享受某种变态的性愉悦？这些揣测是否属实，今日难下结论，唯有一件事是很清楚的，那就是小孩子在玩过家家游戏时必定模仿大人的样子。因而，春琴虽受到检校的宠爱，未曾挨过棍棒，但是平时耳濡目染，使她幼小的心灵烙上了为人师者就该如此的印记，于是早在玩游戏阶段就模仿起了检校的做法。这也是自然之数，日积月累而形成的习性。

佐助大概是个爱哭的孩子，据说每次挨了小阿姐的责打就会哭上一通。由于他总是没出息地嘤嘤哭出声来，有人听到后便蹙起眉头说："小阿姐又折磨他了。"最初只是打算让春琴教佐助玩玩的大人们，见此情景也颇感头疼。每天晚上，古筝声和三弦琴声已经很吵人了，其间还时常夹杂着春琴的厉声斥责，再加上佐助的哭泣声，直到深更半夜大家都不得清静。女仆们觉得佐助很可怜，最重要的是这样下去对春琴也没有好处。有的女佣实在看不下去，便直接去春琴房间，劝说她："小姐，这是做什么呀？小姐身子娇贵，何必为这个没出息的男孩子生这份气啊。"谁知春琴听了，反而正襟危坐，咄咄逼人地回道："你们懂什么！我的事不用你们管！我是在认真教他学艺呢，不是在闹着玩。正是为佐助着想，我才这么一丝不苟。即便我怎么骂他、打他，学艺就得这样。难道你们连这个道理都不懂吗？！"

《春琴传》记载了此事："春琴慷慨陈词曰：'汝等欺吾年

幼，竟敢冒犯艺道之神圣乎！吾虽年少，既苟为人师，当从为师之道。吾授艺佐助，本非一时儿戏。佐助虽生性酷爱乐曲，然身为学徒，不能就学于检校高师，只得自学，实为可悯。吾虽未出师，欲代为其师，尽心竭力使其达成所愿。汝等岂知我心？还不速速退下！'闻者慑其威严，惊其辩舌，常唯唯诺诺而退。"由此可见，春琴是何等盛气凌人。

佐助虽常被骂哭，可每当听到春琴这样说便无比感激。佐助之所以哭泣，不仅仅是为了忍受学艺之苦，更包含着对这位主人兼师傅的少女如此激励自己向前的感激之情。因此，无论遭受怎样的责罚，他也从不逃避，总是一边流泪一边坚持苦练，直到春琴说出"行了"为止。春琴的情绪时阴时晴，变化无常。被数落一顿算是轻的，若是春琴蹙着眉头，嘣地一拨弄第三弦①，或者让佐助自己弹三弦琴，她一言不发地听着，是佐助哭得最多的时候。

一天晚上，在练习《茶音头》的过门时，佐助领会不

---

① 三弦琴的第三弦最细，使劲弹拨会发出刺耳高音。

到位，老是记不住，练了许多遍还是出错。春琴气急了，便像平时那样把三弦琴放下，一面用右手使劲在膝盖上打着拍子，一面唱起琴曲来："嗨，嘀哩嘀哩哐，嘀哩嘀哩哐，嘀哩哐，嘀哩哐，嘀哩锵锵，咚哩咚哩锵，嗨。噜噜咚！……"到了最后，就不再理睬他了。佐助惶惶然不知所措，可又不敢停下，只好拼命地按照自己的理解继续弹奏，但是不论弹多久，春琴也不说"好了"。佐助只觉得头昏脑涨，越弹越不着调，浑身直冒冷汗，胡乱弹起来。春琴始终一言不发，紧紧闭起嘴唇，眉梢一直深深皱着，就这样僵持了长达两个多小时，直至母亲繁氏穿着睡衣走上楼来，好言劝道："刻苦教学也得有个限度，做过了头的话会伤身体的。"春琴这才好歹让佐助离开。

第二天，父母把春琴叫到跟前，语重心长地教导她说："你热心教佐助弹琴，这当然很好，但是，打骂弟子是大家都认可的检校先生才可以做的。你弹得再好，毕竟还在跟着师傅学艺，此时就模仿师傅的这种做法，必然会滋生傲慢之心。举凡学艺之事，一旦有了傲慢之心便不会长进。况且你一个女子，对男弟子动不动就'笨蛋笨蛋'地辱骂，实在让人听不下去，至少在这方面应该节制一下。今后要固定授课时间，不要拖到半夜，听到佐助呜呜的哭声，大家还怎么休息啊。"

由于父母亲从来不曾这般责备过春琴，春琴听了也无话可说，接受了规劝。但这也只是表面现象，实际上并没有起到什么作用。春琴私下反而把气都撒在佐助头上："佐助真是没出息，堂堂男子竟然一点委屈都忍受不了。就是因为你那么大声哭，别人听见还以为我欺负你，害得我挨了骂。若想在学艺之道上有所精进，即使疼痛难忍也得咬紧牙关忍受。这一点都做不到的话，我就不当你的师傅了！"从那以后，佐助无论受多大的罪也绝不再哭出声了。

鹦屋夫妇见女儿春琴自从失明之后渐渐变得狠心，加上收徒授艺后举止也粗暴起来，颇感忧虑。女儿有佐助做伴，既有利也有弊。虽说佐助百般迎合顺从女儿，固然很难得，不过也正是由于佐助凡事一味迁就，逐渐助长了女儿的骄慢任性。长此以往，不知女儿将来会变成一个性格怎样古怪的人呢。老夫妇暗地里为此苦恼不堪。

也许正是出于这样的担忧吧，佐助从十八岁那年的冬天起，由东家周旋，拜春松检校为师学艺了，也就是说不让春琴直接教他了。春琴的双亲大概是认为，女儿模仿师傅所为非常不可取，最可怕的是对女儿的品行产生不好的影响。此举也决定了佐助的命运。从此，佐助被彻底解除了学徒身份，成为名副其实的领路者，并作为同门一起去检校家学艺。对此，佐助本人当然是求之不得的。安左卫门也对佐助老家的父母说明情况，晓之以理，竭力求得他们谅解，希望他们放弃要佐助经商的打算。作为交换条件，他表示鵙屋家会负责佐助将来的生活，绝不会弃之不管，简直说尽了好话。由此推测，安左卫门夫妇恐是考虑到了春琴的将来，有招佐助为婿的意思。因女儿身有残疾，很难找到门当户对的姻缘，如果招佐助入赘倒是段求之不得的良缘。父母这样打算也合乎情理。

于是，两年后，即春琴十六岁、佐助二十岁的时候，老夫妇第一次委婉地提出了这件婚事，却不料遭到春琴的坚决拒绝。她大为不快，告诉双亲说自己终身不想嫁人，尤其是嫁给像佐助这样的人更是不曾想过。然而，大大出乎父母意料的是，一年后，母亲发觉春琴的身子有些异样。"莫非真的是……"母亲心想，暗中留心观察春琴，觉得的确异常。她觉得要是等到显形后，下人们会多嘴多舌，趁现在弥补还来得及，便瞒着春琴的父亲私下里询问春琴。春琴矢口否认："根本没这回事！"母亲虽然心里怀疑，也不便刨根问底。又耗了一个月左右，结果事情拖到了无法隐瞒下去的程度，春琴这次倒是爽快地承认了自己已有身孕，但不论母亲怎样盘问，她也不肯说出男方的姓名。实在拗不过母亲，她就说："我们已有约定，谁也不许说出对方的名字。"若问她是不是佐助，她就矢口否认："说什么呀，我怎么可能看上那种学徒啊。"尽管店里的人都觉得佐助嫌疑最大，但是春琴的双亲考虑到她去年说的那一番话，认为可能性不大。再说，倘若两人真有关系，无论如何掩饰也躲不过众人的眼睛的：两个没有经验的少男少女，装得再怎样若无其事，也瞒不过大家的。佐助自从成为春琴同门师弟后，就没有以往那样跟春琴学琴到夜阑人静的独处机会了。春琴无非偶尔以师姐对待小师弟的架势指点佐助，其他时候无不是摆出清高傲慢的富家小姐派头，除了佐助领她去师傅家之外，二人再无其他交往。因此，店里的下人们根本想不到这二人会有什么不轨之举，反倒是觉得他们之间的主仆关系过于严格，缺少人情味。母亲心想，如果盘问佐助，兴许能问出点什么。她估计男方肯定是检校门下的某个弟子。然而，佐助一口咬定"不知情""不知道"，不但表示自己与这件事毫无干系，男方是谁也不清楚。不过，这次被叫到女主人面前时，佐助神色紧张，表情怪异，令人生疑，严加盘问下越来越对不上话茬。佐助一边说"实在没办法，因为我要是说出来，小阿姐要骂我的"，一边哭了起来。女主人说："不要这样，你护着小阿姐当然好，但是你为什么不肯听主人的话呢？你这样隐瞒下去，反而害了小阿姐。你务必把男方的姓名告诉我！"母亲磨破了嘴皮，佐助也不肯说实话。不过，仔细琢磨他的话，母亲最终还是察觉到了他的言外之意——男方就是佐助自己。从佐助的口气可知，他已经对小阿姐发誓绝不坦白承认，所以不敢明说，只能这样含糊其词地让主人自己去体察了。

鹎屋夫妇觉得生米已煮成熟饭，也没有其他法子可想，好在男方是佐助也算是件好事。让老两口纳闷的是，既如此，去年劝女儿和佐助成婚时，她为什么要说出那番言不由衷的话呢？少女的心真叫人难以捉摸。二老虽然发愁，倒也安心了，于是想趁着还没有人说三道四时让他们赶紧完婚，便再次对春琴提及这件婚事。谁料想春琴脸色骤然一变，说道："怎么又提这事！真烦人。去年我已经对你们说过了，佐助这样的人，我根本不会考虑的。你们可怜我怀孕，我很感激，但是无论怎么不方便，我也绝不会考虑嫁给一个仆人。那样做也对不起肚里这个孩子的父亲哪。"但是一问她"这个孩子的父亲到底是谁"时，她便决然回道："这件事，你们不要再问了，反正我不会嫁给佐助的。"听女儿这么一说，二老又觉得佐助的话有些靠不住了。究竟他们俩谁说的话是真的，实在无从判断。苦思冥想之后，二老还是觉得除佐助外别无他人，也许女儿现在难为情才故意表示反对吧，等过一段时间，她自会吐露真话的。于是二老不再往下追问，决定在春琴临盆之前先送她去有马温泉。

那是春琴十七岁那年的五月，她在两名女仆的陪同下去了有马温泉，佐助仍留在大阪。到了十月，春琴在有马温泉顺利地产下一个男婴。孩子长得跟佐助简直一模一样，那个谜团总算解开了。然而，春琴不仅对成婚之事不理不睬，还否认孩子的父亲是佐助。万般无奈之下，父母只好让二人当面对质。春琴声色俱厉地说："佐助，你是不是说了让人生疑的话呢？你叫我今后怎么见人？你今天必须说清楚，根本没有这回事。"佐助被春琴这么一叫板，更是惶恐万分，信誓旦旦地说："这种冒犯小姐的事，我是万万不敢造次的。自从当学徒时起，我一直承蒙主人大恩大德，岂敢有那种不知高低的邪念。这简直是天大的冤枉啊！"由于这回佐助和春琴的口径完全一致，否认了个干干净净，搞得二老越发摸不着头脑了。但是老夫妇仍旧不死心，试图以孩子逼迫春琴就范："话是这么说，你看看，生下来的这孩子多可爱啊，是不是？你既然硬是不承认，我们家总不能养育一个没有父亲的婴儿吧。如果你不愿意考虑婚事，这婴儿虽说可怜，也只好送给别人了。"春琴冷漠地答道："那就把孩子送人好了。我已经决意一辈子不嫁人，这孩子对我来说只是个累赘。"

最终，春琴生下的孩子被送给了他人。这孩子生于弘化二年，所以现在应该不在人世了。被送给了什么人也不清楚，想必是春琴的双亲安排的。就这样，春琴死不认账，使未婚先孕一事不了了之。过了一段时间后，她又神态自若地由佐助领着去学艺了。这个时候，她与佐助的关系几乎已是公开的秘密了，纵然想让他俩正式结为夫妻，无奈两人死也不愿意。深知女儿犟脾气的父母亲，最后不得不采取了默许的态度。

他们二人这种既非主仆又非同门也非恋人的暧昧关系持续了两三年后，春琴二十七岁时，春松检校去世了。春琴借此机会自立门户，挂牌招徒。她搬出父母家，在淀屋桥一带购置了房屋，独自居住，佐助也跟了过去。看起来春松检校生前就已认可了春琴的实力，允许她随时自立门户。检校从自己的名字里取出一个"春"字，给她取名"春琴"。在正式演奏的场合，检校常常与春琴合奏，或是让春琴唱高音部分，每每多方关照。因此，检校去世后，春琴自立门户一事也就水到渠成了。不过，从春琴的年龄、境遇等情况看，似乎没有必要这么急。这恐怕还是因为父母考虑到她和佐助的关系吧。两人的关系已是公开的秘密，若是让这种暧昧关系持续下去，势必不利于对下人们的管束。与其如此，不如让他俩搬出去单住为宜。至于春琴，对父母这样退而求其次的安排也碍难不从吧。当然，佐助去了淀屋桥之后，所受的待遇没有任何变化，依然为春琴牵手带路。而且，因检校已去世，佐助重新师事春琴，因此他们可以无所顾忌地称呼对方"师傅"和"佐助"了。

春琴非常厌恶别人把她和佐助视为夫妻，所以严格地按照主仆之礼、师徒之别对待佐助，甚至连说话措辞等细枝末节也做了规定。佐助偶尔违规，即使低头认错，春琴也不肯轻饶，执拗地训斥个没完。因此，据说新入门的徒弟不知内情，见他俩如此相敬如宾，从未怀疑过二人之间的关系。还有人说，鹈屋家的用人们曾私下议论："真想去偷听一下，这位小阿姐究竟是怎样对佐助表达爱意的。"

那么，春琴为什么如此对待佐助呢？原来，大阪人在婚事上，比东京人更看重门第、财产和排场等，至今亦然。原本大阪就是个商人自视甚高的地方，可以想见封建世俗风气相当浓重。因此旧式世家的小姐是绝不肯舍弃矜持的。像春琴这样的大家闺秀，对世代做过家仆的佐助的轻视，更是超乎人们的想象。此外，盲人性格乖戾，好胜心异常强烈，不愿示弱，不愿受人嘲笑，因此春琴很可能认为接纳佐助为夫君乃是对自己的莫大侮辱——这种可能不是没有，应该考虑。换而言之，春琴为同身份低下的男人发生肉体关系感到羞耻，这导致了她对佐助的疏远态度。可见，在春琴眼里，佐助不过是生理上的必需品而已，她是有意识这样对待佐助的。

《春琴传》曰："春琴素有洁癖，衣物不得稍有微垢，内衣类则每日更换，命人洗濯。且朝夕命人打扫屋内，毫不懈怠。每坐必以指轻触坐垫及铺席，纤尘亦不能忍。曾有一门徒患胃疾，口有臭气却不自知，至师傅近前练习。春琴照例铿然一拨第三弦，遂放下琴，紧蹙双眉不发一语。此门徒不知所为，甚为惶恐，再三问缘由。春琴乃曰：'吾虽盲人，嗅觉尚好，汝速速去含漱。'"

正因为是盲人才有此等洁癖，而素有此等洁癖之人成了盲人，伺候者之难更是无法想象。所谓牵手领路者，论理只需牵手带路即可，然而，佐助竟然连职责范围外的饮食起居、入浴如厕等日常琐事也得承担。幸好自春琴幼年时起，佐助便已开始承担这些任务，熟知春琴的脾气，所以除了佐助，无人能让春琴满意。从这个意义上说，佐助之于春琴是不可或缺的存在。

在道修町住的时候，春琴对双亲和兄弟姐妹们多少还有所顾忌，现在成了一家之主，其洁癖与任性日甚一日，因此佐助要做的事情愈加繁杂了。下面这一段话是鹈泽照老妇人说的，《春琴传》里都未见记载：这位师傅上过厕所后，从来没有自己洗过手。因为她每次上厕所时，都不用自己动手，一切均由佐助代劳。入浴时也是如此。据说身份高贵的妇人对于让别人擦洗身子，丝毫不感到羞耻，而这位春琴师傅之于佐助，也如同贵妇人一样。这大概是由于她双目失明的缘故吧，当然，也可能是因为幼年起已习惯如此，如今不再会产生任何兴奋感了。

此外，春琴还酷爱修饰打扮，尽管双目失明以后不再照镜子了，但她对自己的姿色抱有不寻常的自信，尤其在衣着和发饰搭配等方面甚为讲究，与明眼人没有丝毫不同。这说明，记忆力很好的春琴始终没有忘记自己九岁时的相貌。而且，人们对她的赞美和恭维一直不绝于耳，所以她心里十分清楚自己姿色出众。春琴对于打扮自己到了偏执的程度。她一直养着黄莺，取黄莺的粪与米糠粉搅拌起来涂抹皮肤，还钟爱丝瓜汁。倘若感觉面部和手足肌肤不够滑润，她就会心情很差。皮肤粗糙乃是她最忌讳的。大凡弹奏弦乐的人，由于需要按弦，都极其重视左手指甲的修剪，所以每三天她就让人剪一次指甲，并用锉刀锉得光滑。不单是左手，右手和趾甲也得修剪。说是剪指甲，其实不过是一两毫米，根本看不出来，但她总要命人修剪得长短齐整，漂漂亮亮的才行。剪完后，她还要用手仔细抚摸，逐个检查一遍，不允许有丝毫差池。事实上，这些活儿都由佐助一个人包了。如有余暇，他还需跟师傅学艺，有时还要代替师傅指导那些后进的弟子们。

男女之间的肉体关系也是多种多样的。比如说，佐助对春琴的肉体可以说了如指掌，结成了一般夫妻和恋人根本想象不到的紧密与姻缘。后来佐助自己也失明后，尚能在春琴身边伺候而无大过，绝非偶然。

佐助一生不曾娶妻妾，从当学徒开始至八十三岁去世，除了春琴外没有同其他女性交往过，因此并没有资格把春琴同其他女性比较，加以品评。但是他晚年鳏居后，常向身边的人夸赞春琴的皮肤细腻滑润无比，四肢柔软。这成了佐助晚年唯一絮叨不休的话题。他时常张开手掌，说："师傅的小脚刚好跟这巴掌大小差不多。"他还抚摸着自己的脸颊说："连师傅脚跟的皮肤都比我的脸还滑溜柔软呢。"前面已经谈过，春琴身材娇小，不过，她属于穿着衣服时显瘦的类型，但裸体竟出人意料的丰满，肤色白得透亮，无论多大年纪，肌肤总是富有弹性，光泽亮丽。据说春琴平素喜吃鱼禽料理，尤其喜好鲷鱼刺身，在当时的女子中算是非同一般的美食家了。此外，她还稍稍嗜酒，晚酌一合①酒乃是必不可少的。可见饮食习惯与她的身体状况不无关联。（盲人进食时吃相不雅，使旁人心生怜悯，更何况妙龄盲女子！不知春琴是否知晓，她不愿意让佐助之外的人看见自己进食。应邀赴宴等场合，她只是拿起筷子做做样子，因而看上去优雅高贵，但实际上对饮食极尽奢侈。她虽然食量并不大，每顿两小碗饭，吃菜也只是在各菜盘里夹上一筷子，可是因此就得增多菜品，使用人格外劳神费力，给人感觉好像是为了刁难佐助才这样做似的。这也使佐助厨艺长进，在做鲷鱼骨汤这一道菜时剔除鱼肉以及剥蟹虾外壳等活儿都相当有模有样，还能

①　合：约为 0.18 升。

从香鱼尾部将鱼骨剔得一根不剩，整条鱼仍形状不变）

　　春琴的头发又多又密，如真丝般柔滑、蓬松。她玉指纤纤，手掌柔软，也许是经常拨弦的缘故，指尖甚是有力，若挨她一巴掌则疼痛难当。她动辄上火，颇为怕冷，虽值盛夏却从不出汗，两脚冰冷，一年四季总把领口、袖口窝边的厚纺绸夹袍或绉绸袄小袖①当作睡衣穿着，拖曳着长长的下摆，睡觉时双脚被包裹在里面，因此睡态无丝毫凌乱。由于担心上火，她尽可能不使用暖炉和暖水袋。实在太冷时，佐助便把春琴的双脚抱在自己怀里焐着，不过，她的脚很不易焐暖，反而常常使佐助的胸口变得冰凉。入浴时为使浴室里不至于雾气弥漫，冬天也敞着窗子。她一次只能在温水里浸泡一两分钟，必须反复多次才行。如果浸泡的时间长了，她马上会感到心悸，因热气而头晕，所以每次入浴务必在尽可能短的时间内把身体泡暖后，抓紧时间洗干净。

　　对这些情况了解得越多，就越能体会佐助的辛劳。佐助

---

① 小袖：窄袖和服。

所得到的物质酬劳极其微薄。所谓工钱，不过是平日的赏钱而已，有时连买烟的钱都不够。佐助穿的衣服，也只有盂兰盆节时主人家照例发给下人的衣着。佐助虽代师傅授课，却得不到相应的称呼。春琴让众徒弟和女仆直呼其名"佐助"。陪春琴出门授业时，佐助也必须一直守候在大门口。

有一次，佐助患龋齿，痛得右颊肿得老高，入夜后更是疼痛不堪。但他强忍疼痛，不让师傅觉察到，时而偷偷地去漱一漱口，在春琴身边伺候时小心不对着师傅吐气。春琴上床就寝后，命佐助摩肩揉腰。佐助按摩了片刻后，春琴说道："行了。现在替我暖脚吧。"佐助赶紧横躺在春琴的脚边，掀开自己的衣襟，把她的脚贴在自己的胸脯上。他感觉胸口顿时冷得就像触到了冰，脸上却因被窝里的暖气而热烘烘的，牙齿越发疼痛。佐助眼看不能忍受，便将春琴的双脚从胸部移到发肿的脸颊上，这才勉强忍住了疼痛。谁料想，春琴马上狠狠踹了佐助的脸颊一脚，佐助疼得大叫一声，跳了起来。只听春琴说道："行了，不用你焐了，我让你用胸膛暖脚，没叫你用脸呀。不管是不是盲人，脚底板也不会长眼睛，你为何要欺人呢！我从你白天的表现就大致知道你好像患了牙痛，而且你的左右脸热度不同，肿的程度也不同，连我的脚底都能清楚感觉到呢！既然如此疼痛，就该老老实实地告诉我，我又不是不知怜恤用人的人。可你装出一副忠心耿耿的样子，却用主人的身体来冷敷自己的牙齿，简直是偷奸耍滑，可恶透顶！"春琴对待佐助的态度由此可见一斑。她尤其见不得佐助对年轻女徒弟和蔼可亲或指导她们学艺。偶尔怀疑时，春琴也不表露其妒忌，而是变本加厉地虐待佐助。这便也是佐助最受折磨的时候。

一个独居的盲女，即便再铺张奢侈，也是有限度的。纵然随心所欲地讲求锦衣珍馐，也没有那么多可花费的地方。但是，春琴家中却雇用了五六个仆人伺候她这么一个主人，每月的开销也是相当可观。若问为何会花销这么多，雇佣这许多人，首要原因是她酷爱养鸟，尤其喜爱黄莺。

如今，叫声悦耳的黄莺，有的一只甚至要上万元。虽说是那个时代，但是行情大同小异吧，当然，在欣赏黄莺鸣啭声或赏玩方式上，和从前稍有不同之处。先说说现在吧，发出"啁啾、啁啾、啁啾啁啾"叫声的，是所谓"越谷鸣"；"咯……啾……嘀咕儿"的，就称为"高腔"；倘若除了能发出"吱咕——"这种本身具有的鸣声外，还能发出上述两种鸣叫声的黄莺，就值钱了。野山莺一般不鸣，偶尔鸣叫也发不出"咯……啾……嘀咕儿"的亮嗓，只会"咯……啾……嘀咕"地叫，难以入耳。欲使莺儿叫声带有"嘀咕儿——"这样金属音质的悠长余韵，就必须用某种人工手段去训练它：要在幼莺尚未长出尾羽前，将其从野外捉来，让它跟着"黄莺师傅"学习鸣叫。倘若雏莺已长出尾羽，说明它已经听惯了野黄莺父母那种难听的鸣声，就无法再训练了。

其实"黄莺师傅"也是用这种人为的办法训练出来的。名贵的黄莺都有各自的名号，比如"凤凰"啦、"千代友"等，所以，听闻何地何人有什么名种后，为了自己的莺儿，养莺者会不辞路远地寻访到饲养名莺的人家，恳求人家允许自己的幼莺跟随其黄莺学习鸣叫。人们将这种学习鸣叫的做法称作"学叫口"，一般是大清早就出门，连续学好几天。有时候

"黄莺师傅"也会出差到某一地方，让黄莺弟子们聚在它周围学叫口，呈现出一派上音乐课般的景观。当然，每只黄莺的素质优劣不同，音质也有美丑之分，同为越谷鸣声或高腔鸣声，旋律也是有好有差，余韵有长有短，可谓千差万别，可见获得一只良莺谈何容易！一旦获得，良莺主人便可挣取"授课费"，因此有名的"黄莺师傅"要价高也是理所当然。

春琴家中饲养的一只最出色的黄莺取名"天鼓"，她喜欢朝夕谛听。天鼓啼声的确优美动听，其高音啁啾声通透清脆，余韵悠长，堪称巧夺天工的乐器声，委实迥异于一般鸟鸣。其鸣声持续时间又极长，嘹亮而饱满，音色非常优美，因而天鼓的待遇格外尊贵，准备食饵等也是倍加精心。黄莺的食饵通常是将大豆和糙米炒后磨成粉，掺入米糠制成粉末，与鲫鱼干或雅罗鱼干磨的鱼粉，以各一半的比例拌在一起，再用萝卜叶榨的菜汁搅拌成泥状，简直烦琐至极。除此之外，为了使黄莺鸣声悦耳，还须捕捉一种寄生在野葡萄藤蔓里的虫子，每天给黄莺喂食一两只。如此这般劳神费心的鸟儿，春琴养着五六只，故而有一两个仆人专门侍弄它们。

这黄莺在人前是不肯鸣叫的，要把鸟笼放入叫作"饲桶"的桐木箱里，箱子顶部安一个格子拉窗，使透过窗纸射入的光线朦朦胧胧的。饲桶的拉窗木框用的是紫檀或黑檀木料，雕有精巧图案或镶嵌着珍珠贝、绘泥金画等，别具匠心。据说其中有的还是古董，放在今日也值一百元、两百元乃至五百元 ① 之高价。天鼓的饲桶上镶嵌着据说是中国舶来的珍品，框架乃紫檀木质地，其中段镶嵌有琅玕翡翠片，翡翠上面雕有精美的山水楼阁，实在风雅极了。春琴经常将这桐木鸟箱放在自己房间里壁龛旁的窗台上，入神地听鸟鸣啭。只要天鼓一展它那悦耳动听的歌喉，春琴便心情大好。因此，仆人们总是想方设法地让天鼓鸣啭。天气晴朗时，天鼓往往叫得欢，因此天气不好的时候，春琴也就变得阴沉了。冬末至春末是天鼓啼鸣最频繁的时节。进入夏季后，次数日渐减少，于是，春琴郁郁寡欢的时候也随之增多。

虽说只要喂养得法，黄莺寿命也挺长，可是伺候它却丝

① 1953 年以前，一日元的价值远远大于现在，因此那时的一百元就是非常高的价格。

毫不能大意，若指派没有经验的人喂养，几天就会死掉，死了就得再买一只来。春琴家里的第一代天鼓养到第八个年头死了，此后好久都没能找到可以继任的名鸟。几年以后，春琴家终于培养出了一只不比初代天鼓逊色的黄莺，遂再次命名为天鼓，倍加宠爱。

据《春琴传》记述："此二代天鼓，鸣声亦甚美妙，毫不逊于迦陵频迦①。春琴将鸟箱置于座右，朝夕不离，钟爱无比，常命众徒聆听此鸟鸣声，而后训谕：'汝等听罢天鼓鸣叫，做何感想？彼本无名雏鸟，只因自幼苦练不辍，得使其鸣声之美，与野莺迥异。人或云：斯乃人工雕琢之美，而非天然，其风雅莫如于深谷幽径探访春山花色时，忽闻溪流彼岸烟霞弥漫之中传来野莺啼声。吾却不以为然，彼野莺因得天时地利方觉其鸣声雅致，若论其声尚不可言之为美。反之，闻如天鼓之名鸟鸣啭，虽身居陋室，亦可遥想幽邃闲寂之山峡风趣——溪流潺潺清音，岭上樱云叆叇，皆浮现于心眼心耳。

---

① 迦陵频迦：印度古梵文的音译，意为妙声鸟或美音鸟，是佛国世界的一种神鸟，人首鸟身，鸣声美妙。

樱花烟霞，其鸣中皆备，令人忘却身处都市万丈红尘。是以人工雕琢与天然之美一比高下也，音曲秘诀也在于此。'春琴亦屡屡以'虽为小禽，尚能解艺道之奥妙，汝等生而为人竟不及鸟类'训斥愚钝门徒使其羞愧难当。"春琴所言固然有理，然而动辄就将人与莺相比，想必佐助及众门徒也难以承受吧。

次于黄莺，春琴还喜爱云雀。云雀生性好冲天高飞，关在鸟笼里也总是不停地高高飞起，所以其鸟笼也做得又窄又高，可达三尺、四尺、五尺。但是，要想真正欣赏云雀的美妙鸣声，就必须将鸟儿放出鸟笼，让它飞向空中直到望不见身影。云雀一面冲入云霄一面鸣叫，人在地上听那声音，也即欣赏鸟儿穿云破雾的本领。

一般来说，云雀在空中停留一段时间后会再飞回自己的笼子。停留的时间在十分钟至二三十分钟，时间越长，越是被视为优秀的云雀。人们举行云雀竞技比赛时，总是将众鸟笼一字排开，同时打开笼门放飞云雀，以最后飞回笼内的那只为胜。劣等云雀回笼时，有时会误入旁边的鸟笼，甚至会落到距离鸟笼一二百米远的地方。但一般地都能准确辨别自己的鸟笼，因为云雀是垂直飞向空中的，在空中某处停留片刻后再垂直飞落下来，自然会飞回自己笼中。

说是"穿云破雾"其实并非横穿云层飞翔。之所以看似穿云破雾，不过是飘移的云层掠过云雀时造成的错觉罢了。在风和日丽的春日，居住在淀屋桥一带的邻居们经常会看见这位盲人女师傅出现在晾台上，放出云雀飞上天空的情景。在她身旁，除了必有佐助伺候外，还跟着一个负责鸟笼的女仆。女师傅一发话，女仆便打开笼门，云雀一面啾啾鸣叫着，一面飞向天空，越飞越高，直到隐没于云霞之中。女师傅仰起双目失明的脸庞，追寻着鸟影，一心倾听不久将会从云间落下的云雀的鸣叫声。有时候，一些同好也会把自己引以为豪的云雀带来凑个热闹，跟女师傅的鸟儿一比高下。

每逢这种场合，邻近的居民也都登上自家的晾台，聆听女师傅的云雀鸣声。其中有些后生，与其说是去听云雀鸣声，不如说是想看看女师傅的美貌。按说，这是一年到头都能见到的场景，町内的后生们应该早已看习惯了，可是那好色之徒什么时候都不会绝迹。他们一听到云雀的鸣叫声就知道女师傅出来了，赶紧爬上屋顶。他们如此兴奋，想必是因为感觉盲人有种特别的魅力和神秘感，产生了好奇心吧。或许是平时春琴让佐助牵着手外出授课时，总是默默无语，神情严肃，而在放飞云雀时却十分快活地谈笑风生，使她的美貌格外动人吧。除云雀外，春琴还养过知更鸟、鹦鹉、绣眼鸟、黄道眉等，有时候她喂养的各种鸟儿竟有五六只之多，这笔开支也不小。

春琴属于那种"窝里横"的女人，一走出家门则表现得异常温柔和善。每当在应邀赴宴等场合，她言谈举止优雅娴静，风情万种，看那妩媚的样子根本想象不到她在家中竟是个虐待佐助、打骂门徒的妇人。此外，春琴为了交际应酬，也很讲究面子，喜欢排场，无论喜事丧事还是逢年过节都以鹀屋家小姐的规格赠物送礼，出手阔绰，即使给男女仆人、女招待、轿夫和车夫等赏钱时也很大方。但是，因此认为春琴是个挥霍无度的人则大谬不然。笔者曾在一篇题为《我眼里的大阪及大阪人》①的文章中谈及大阪人的节俭生活，认为东京人的奢侈是表里一致的，而大阪人却不同。不论看上去怎样讲究排场，他们必定在一般人觉察不到的地方严加控制着不必要的开销。

春琴也是出生于大阪道修町的商人家，在这些方面岂能不精明？她一方面极尽奢侈，另一方面又极其吝啬贪婪。正因为她摆阔斗富原本出自其不服输的天性，故而凡不符合此目的绝不胡乱支出，正所谓"不枉费钱财"吧。她绝对不会一高兴就随意散钱，而是考虑用途，追求效用，在这一点上可谓是很理性、很有算计的。因此，在某些场合，她的好强本性反而会变形为贪婪。以收取门徒的学费或拜师礼钱为例，身为女流理应同其他师傅大致相等，她却自视甚高，非要收取与一流检校师傅同等的数额，一步也不让。这也就罢了，门徒们中元节或年末孝敬师傅的礼品她也不放过，总是

---

① 《我眼里的大阪及大阪人》：谷崎润一郎于 1932 年 2 月至 4 月在《中央公论》上连载的随笔。

话里有话地暗示门徒多送一些，执拗至极。曾有一盲人门徒，因家境贫寒，每月经常迟交学费。逢中元节，他送不起礼品，只好买一盒白仙羹①以表心意，并央求佐助代为说情："请您怜悯我家贫穷，在师傅面前代为求情，恳请师傅多多体谅！"佐助也觉得甚是可怜，遂诚惶诚恐地向春琴转达并为他说了几句好话。春琴一听，俄而变色，说道："吾不厌其烦地强调学费及礼品，也许别人以为我贪婪，其实不然。礼金多少并不重要，只是若不定下大致标准，师徒间的礼仪便无法成立。此子每个月学费尚且拖延，而今又以一盒白仙羹充作中元礼品，实乃无礼之至。说他轻蔑师傅，也无可辩白吧？既然家境如此贫寒，艺道上恐难成就。当然，视具体情况及本人天分，也不是不可以免除学费，但只限于那种前途有望，为万人惜其才的麒麟儿。大凡能战胜贫苦、出人头地者，生来就应与众不同，只有坚韧与热心是不够的。厚颜无耻乃此子唯一长处，学艺上本属庸才，却要为师可怜他家

---

① 白仙羹：大阪产的一种羊羹，用蛋白与寒天制成。

贫，未免自命不凡！与其这般麻烦他人，丢人现眼，不如现在断绝学艺之念为宜。倘若仍不愿断念，大阪尽是好师傅，由他自行去寻师为徒就是了。自今日始，他不必再来我这里了，我拒收此徒。"既出此言，无论对方如何谢罪，她也不为所动，到底还是辞掉了这个弟子。反之，若有弟子送厚礼，纵然春琴以严苛出名，当日也会对该弟子和颜悦色，说些言不由衷的称赞话，使听者颇感不自在，以致一提到师傅的夸赞，众弟子皆心有余悸。

因此，每份礼物春琴必定一一过目，就连点心盒子也要打开看一下。对每个月的收支情况，她也是命佐助当着她的面，打算盘结算清楚。春琴敏于计算，心算能力极强，数字过耳不忘，连两三个月前在米店或酒馆花销了多少都记得分毫不差。说到底，春琴过的奢侈生活是极端利己的，所以自己挥霍了多少就必须在别的什么地方补回来，其结果就是众仆人倒霉了。在家中，唯有春琴一个人过着王公贵族般的生活，而自佐助以下所有仆人都必须极度节俭，因此大家的日子过得捉襟见肘。春琴对每天剩下的米饭也说些今天做多了做少了的话，搞得众仆人连饭都吃不饱。下人们背后抱怨：
"师傅说就连黄莺和云雀都比你们这些人忠义！那是自然
了，师傅对待鸟儿远比对待我们强百倍呢。"

　　春琴的父亲安左卫门在世时，鹚屋家每月都按春琴要求
的数额给她送钱来，而父亲去世后，春琴的长兄承接家业后
就不再完全满足她索要的数额了。虽说如今的时代，有闲阶
级的贵妇人挥霍钱财不算什么，但是在那个时候，连男子也
不得这般奢侈。即使是富裕人家，越是那种名门望族，在衣
食住行方面越是力戒奢靡，不愿与暴发户之流为伍，以免受
到僭越之诽。父母亲之所以允许春琴生活奢侈，无非是出于
爱女之心，可怜这个别无乐趣的残疾女儿。但是兄长自从继
承家业后，就对春琴动辄非难了，规定她每个月花费不得超
过多少数额，超出这个限度的要求一概不予满足。
　　看来春琴的吝啬与这一背景大有关系。即便如此，家里
给她的钱，应付日常生活还是绰绰有余的，因此春琴教授琴
曲的收入并非必不可少，对门徒的态度自然盛气凌人了。事

实上，叩拜春琴门下学艺者只有屈指可数的寥寥数人，不然春琴何来玩赏小鸟之类的闲情逸致。不过，春琴无论是在生田流的筝，还是在三弦琴的造诣上，确为当时大阪第一流的名手。这绝不仅是她的自负，凡公正者无不认可。纵然是厌恶春琴之傲慢的人，心中也暗自嫉妒或惧怕她的技艺。

笔者认识的一位老艺人说，他年轻时多次欣赏过春琴弹奏三弦琴。当然，此人属于给净琉璃伴奏的三弦琴艺人，风格自然是不一样的，但他说过这样的话："近年来，在地歌①的三弦琴演奏中，没听到过有人弹奏得出像春琴那样的美妙之音。"此外，据说团平年轻时也听过春琴的演奏，曾喟然叹道："惜哉！此人若生为男子，弹奏低音三弦琴，必将成为一代名家。"团平认为低音三弦琴乃三弦琴艺术的极致，非男子不能究其奥妙。团平是惋惜春琴具有如此天赋却生为女子呢，还是感慨春琴弹奏的三弦琴有男性的气度呢？据上面那位老艺人说："我听春琴弹三弦琴，感觉音声透亮，仿佛男

----

① 地歌：特指西日本地区的盲人传承创作、演奏的三弦琴乐曲。

子在弹奏。那音色不单是优美，而是富于变化，时而奏出沉痛幽怨之音，不愧是女子抚琴中罕见的妙手。"

倘若做人能圆滑谦逊一点，春琴必定声名远播。可惜的是，她生于富贵人家，娇生惯养，不知生计之艰辛，一向恣意任性，使人们敬而远之。她的出众才华反而导致其四方树敌，一生默默无闻。虽说是咎由自取，却是莫大的不幸。由此可见，拜春琴门下学艺的人，都是素来佩服春琴的实力，认定拜师非她不可的人。为了学艺，他们在拜师前已做好了充分的精神准备，甘愿承受她近于严酷的鞭笞，即便挨打挨骂也在所不辞。尽管如此，仍然很少有人能够长期忍受下去，大部分人半途就放弃了。那些单纯出于爱好来学琴的人，一个月都坚持不了。因为春琴的教学已超出了鞭笞的范畴，常常发展为刁难、折磨，甚至带有嗜虐的色彩。这莫非是名人意识在作怪吧？换言之，春琴认为，既然社会允许师傅管教徒弟，而徒弟们又是做好了思想准备来的，那么，越是这样折磨弟子，她就越觉得自己成了名家，于是日益变本加厉，终于发展到了无法自控的地步。

鸭泽照说："春琴的弟子少得可怜，其中有人是冲着师傅的美貌来学艺的。那些出于爱好学三弦琴的人，多属此类。"既然春琴是一个美貌且未婚的富家小姐，这种事在所难免。据说春琴苛待门徒，也是击退这些醉翁之意不在酒的色狼的手段。具有讽刺意味的是，这反而使她获得了人气。不妨往坏处猜测一下，那些真正前来学艺的门徒中，或许也有人从美丽的盲人女师傅的鞭笞中体味到了不可思议的快感。比起学艺本身，这种感觉更让他们痴迷吧。说不定其中就有那么几位让·雅克·卢梭①呢。

下面开始讲述降临在春琴身上的第二个灾难。只因《春琴传》中对此事也刻意回避，我无法明确指出造成这场灾难的原因以及加害者。这未免遗憾，不过，依据上面说的种种情况可以推断出，春琴大概是因苛待门徒而招致某个弟子怀恨在心，遭到其报复的。这种说法似乎最为接近事实。

---

① 让·雅克·卢梭（1712—1778）：法国十八世纪著名启蒙思想家、教育家、文学家。据说他曾从自己不幸的少年时代中品味被虐待的意趣。

最值得怀疑的人，是在土佐堀开杂粮店"美浓屋"的老板九兵卫的儿子利太郎。这位少爷是个出名的浪荡公子，一贯以精通游艺之道而沾沾自喜。也不知怎么的，他竟投在春琴门下学起了古筝和三弦琴。这家伙倚仗老子的财势，不论到哪里都摆出一副大少爷派头，耀武扬威，霸道成性，将学艺的同门视作自家店里的大小伙计，根本不放在眼里。为此，春琴心中颇不待见此人。无奈他送的拜师礼十分丰厚，看在礼物的分上，春琴也不好拒之门外，只得好生应对，可他竟然到处宣扬："别看师傅那么厉害，也让我三分呢。"他尤其蔑视佐助，讨厌佐助代替师傅教琴，必须由师傅亲自授课，他才肯上课。对他越来越放肆的表现，春琴也渐渐恼火起来。在此期间，利太郎的父亲九兵卫为颐养天年，在天下茶屋町①选了一处幽静的所在，盖了一座葛草葺顶的隐居所，还在庭园里移栽了十几株古梅。某年阴历二月，九兵卫在此庭院里摆下赏梅宴，曾邀请过春琴赴宴。这次酒宴的总管事

---

① 天下茶屋町：位于大阪市西成区，相传丰臣秀吉在此地的茶屋休息过，遂有此名。

就是少爷利太郎，另有一些帮闲、艺妓等下九流前来捧场。不用说，春琴自然是在佐助的陪同下前往的。

那一天，利太郎及其帮闲们频频给佐助斟酒，使佐助十分为难。佐助近来虽在晚酌时陪师傅喝几口，但毕竟酒量不行。况且外出时没有师傅许可，佐助是不得沾一滴酒的，因为一旦喝醉了就无法完成带路的重任。因此，佐助假装喝酒，试图蒙混过去。不料那利太郎眼快，早已看在眼里，便醉醺醺地过来叫板："师傅，师傅，您要是不点头，佐助君是不敢喝的。今天不是饮酒赏梅吗？就让他放松一天吧，即便佐助君喝醉了，愿意给师傅带路的可不止两三个人呢。"春琴听了苦笑着敷衍道："好吧，好吧，可以稍微喝一点儿。你们可不能把他灌醉啊。"于是，利太郎他们就像得了令似的，你一杯我一杯地给佐助劝起酒来。即便如此，佐助仍然严格自律，差不多有七分酒倒在了洗杯子的器皿里。据说，那天来赴酒宴的满座帮闲、艺妓们初次见到这位大名鼎鼎的女师傅，甚为惊叹，无不为这位半老徐娘的美艳与风韵而折服，赞不绝口。虽不排除众人为了迎合利太郎讨其欢心才说那些恭维话的可能性，不过，当时三十七岁的春琴看上去确实比实际年龄要年轻十岁，皮肤白璧无瑕，以至于凡是看到她那粉白脖颈的人都不由得浑身战栗，仿佛寒气袭人一般。她将一双光滑润泽的纤纤玉手优雅地放在膝上，盲目微微低垂着，面庞娇柔而妩媚，吸引了众来宾的目光，满座无不为之心旌摇曳。

十分滑稽的是，当众宾客去庭园赏花的时候，佐助慢慢引导着春琴在梅花树间徜徉，每走到一株古梅前，佐助便停下来告诉她"这是一株梅树"，并握着春琴的手让她抚摸树干。一般来说，盲人都凭触觉来感受物体的存在，不然就无法理解，因此欣赏花木时也就养成了这样触摸的习惯。有一个帮闲看到春琴细嫩的手在老梅树佶屈的树干上来回抚摸，怪声怪气地嚷道："哎呀，老梅树真是羡煞我也！"另一个帮闲挡在春琴前面，扭曲着身子摆出梅树疏影横斜①的姿势，喊道"我就是梅树呀"，惹得众人捧腹大笑。这本是一种调侃

---

① 语出宋代诗人林逋的咏梅名诗《山园小梅》：疏影横斜水清浅，暗香浮动月黄昏。

逗趣，不过是想赞美春琴，并无欺侮之心，但是对这种花柳界的打情骂俏很不习惯的春琴，心中颇为不快。因为春琴一向希望得到与明眼人同等的对待，厌恶歧视盲人，所以这种戏谑令她极为恼火。

入夜以后，主人换了一个房间重开酒宴。这时，少爷来对佐助说："佐助君，你一定很累了。师傅就交给我来照料吧。那边已备好了酒席，你去喝一杯吧。"佐助也想趁他们给自己灌酒之前先填填肚子，于是退至其他房间，提前吃晚餐。可是佐助刚开始吃饭，一个老妓就拿着酒壶凑过来，没完没了地给他劝酒："来，再喝一杯呀。来，再喝一杯呀。"结果，吃饭消磨了很长时间，而且吃过饭后仍不见有人来唤他，佐助便在房间里等候。突然，佐助察觉客厅里好像发生了什么事，只听春琴大声说："你去把佐助叫来。"可是少爷却竭力阻止，一边说着"要是去厕所的话，我可以陪你去"，一边好像拉着春琴往走廊里走。大概是少爷拉住了春琴的手吧，春琴固执地甩开少爷的手不肯迈步，只道："不，不，你还是替我把佐助叫来。"就在这时，佐助赶来，一看春琴脸上的神色，已大致明白是怎么回事了，但转念一想，若是以后少爷因为此事不好意思再登春琴的门，倒也求之不得。

然而，这些色鬼即使丢了丑也不会善罢甘休。第二天，这位厚颜无耻的利太郎又若无其事地来学艺了。"既然如此，我就好好教教你。如果想学真本事，就忍着吧。"春琴一改平日的态度，变得非常严厉。这么一来，利太郎狼狈不堪，每天流汗三斗，累得气喘吁吁。会弹三弦琴一说原本就是利太郎自吹，当有人奉承时还应付得过去，可一旦被春琴这么故意挑毛病就问题百出了，再加上师傅毫不留情的呵斥，利太郎自然无法忍受。他本是好色之徒，借学艺之名欲行不轨，既是如此怠惰，遂渐渐耍起赖皮来，不论师傅多么认真地教，他都故意弹得平淡无味，气得春琴骂了声"笨蛋"，将手中的拨子朝他脸上打去。利太郎的眉宇间顿时被划破了一道口子，他大叫一声"好痛"，一把抹去从额头滴落的鲜血，扔下一句"你给我等着！"便愤然离座而去，此后再也没有登门。

此外还有一种说法，加害春琴者可能是住在北新地^①一带的某个少女的父亲。该少女欲为将来从事艺妓行当打下坚实的基本功，甘愿投入春琴门下接受严苛教授，因而一直忍受着习艺之苦。有一天，被春琴用拨子打了额头，她便哭着跑回家去了。由于疤痕恰好在发际，少女的父亲比她本人还要恼火，跑来找春琴算账——可见他不是少女的养父，是亲生父亲。他说："虽说是为了学艺，可是对一个未成年的小女子，即便是责罚也得有个分寸。你给女孩子的脸蛋上留下伤疤，怎么得了？那可是她谋生的本钱啊。这事我是不会就此罢休的，你打算怎么补偿吧！"他由于言辞过于激烈，也惹火了生性不服软的春琴。她反唇相讥："我这里素来以教授严格为荣。既然受不了苦，何必让孩子来我这儿学艺呢？"那父亲听后也不甘示弱，反驳道："无论是打是骂都无妨，只是双目失明的人这么做实在危险，不知会打在什么地方造成伤害呢。盲人就该像盲人那样教授才好！"看他那

———————————

① 北新地：即曾根崎新地，大阪火车站附近的冶游区。

073

气呼呼的架势，说不定会动手的，佐助赶忙介入调解，好歹平息了事态，劝他回去了。春琴脸色苍白，浑身颤抖，没有再说什么，始终没有一句道歉。因此，有人怀疑少女的父亲因为女儿被春琴破了相而以牙还牙，让春琴也付出毁容的代价。

不过，说是发际留了疤痕，其实无非是在面额正中或耳后根或其他什么地方留下了一点点伤痕而已。若这个父亲因此怀恨在心，残忍地加害春琴，让她毕生破相的话，纵然是出于爱女心切而头脑发昏，这种报复也太过极端了。首先，对方是个盲人，即使因被毁容而变丑，对本人来说也不会构成沉重的打击。再说，报复的对象如果只是针对春琴，应该还有其他更为快意的方式吧。看来，这个报复者不仅要让春琴痛苦，更想让佐助感受悲伤，以便使春琴的痛苦加倍。

仔细想来，比起那个少女的父亲，似乎怀疑利太郎更加合理，不知诸位以为如何？利太郎对春琴的单相思不知到了何等程度。不过，比起对那些妙龄女子，年轻男人往往更痴迷于年长于自己的妇人之美。这位花花公子想必是风流了一番过后，觉得这样的不行，那样的也不满意，荒唐到了最后，竟被盲人美女春琴迷了心窍吧。虽说利太郎起初是由于一时兴起而拼命追求春琴，万没想到不但碰了一鼻子灰，自己的眉宇间还被她划破，于是采取了如此歹毒的泄愤手段——这并非没有可能。

不过，由于春琴树敌太多，所以除了利太郎之外也可能还有别的什么人出于别的什么原因对春琴怀恨在心，所以也不能一口咬定就是利太郎所为。这起事件也未必是因痴情而引起的。就拿金钱方面的因素来说，像上文所述的穷人家盲人弟子那样，因送礼太薄而落得悲惨结局的也不止一两个人。

另外，据说还有一些人，即使不像利太郎这么厚颜无耻，也一直对佐助心怀妒忌的。佐助是一个有着特殊地位的"引路人"，这一点日子久了终归隐瞒不住，门中弟子无人不晓。因此，暗恋春琴者便暗地里羡慕佐助有福气，也会反感佐助殷勤周到地服侍春琴的样子。若佐助是春琴的合法夫君，或者至少享受着情人的待遇，他们也无话可说。可在表面上佐助始终是个引路人、学徒，从按摩到搓澡，春琴的大小事情都由佐助一人包了下来。看他那副忠实仆从般低三下四的样子，知道内情者恐怕会觉得滑稽至极。还有不少人嘲讽道："要是给师傅当带路人，即便吃点苦头，我也干得了啊。没什么了不得的！"于是乎，人们迁怒于佐助：倘若春琴的美丽容貌有朝一日变得丑陋不堪，佐助这家伙会是什么表情？他还会继续这样尽心尽力地侍奉那完全依赖别人伺候的春琴吗？由此可知，也不能完全否定有人出于声东击西的敌本主义 ① 而出此损招的可能性。

总而言之，对于这起事件，众说纷纭，真伪难辨。不过，另有一种颇有说服力的怀疑论，其对象是各位完全想不到的人。"同行是冤家，加害春琴的人恐怕不是她的门徒，而是某检校或某女师傅。"这一论点虽说并无任何凭据，说不定倒是看得最透彻的。因为春琴平素傲慢自恃，在技艺上以天下第一自居，加之社会上也有认可这一点的倾向，这就伤

---

① 敌本主义：出自明智光秀"敌人在本能寺"一言。织田信长的得力部下明智光秀声称敌人在本能寺，起兵谋反，杀害其主人信长。

害了同行师傅们的自尊心，有时甚至会对他们构成威胁。检校这个称号，是昔日由京都赐予盲人男师傅的一种"尊称"，可以享有特别的待遇，穿着特殊衣物和乘车出行，人们对待他们的态度也和一般艺人不一样。如果世间传闻这些艺人的技艺不及春琴，盲人检校的报复心又格外强烈，恐怕会想方设法采用阴险手段，葬送春琴的技艺和声誉。从前常听说有艺人因妒忌而给同行喝水银。春琴声乐和器乐都很擅长，因此有人会利用她爱慕虚荣和自恃貌美的弱点，破她的面相，使她此后无法再公开露面。如果加害者不是某检校而是某女师傅的话，那么一定是怨恨春琴自恃貌美，于是通过毁其容貌来获得极大的快感吧。

综合上述种种推测，说明春琴处在早晚有一天会遭人暗算的危险状态中，因为她已经不知不觉中在四处埋下了祸根。

天下茶屋町的赏梅宴后大约一个半月，就在三月晦日之夜的丑时后半刻，即凌晨三时左右，发生了那场灾难。《春琴传》上是这么记载的：

"佐助为春琴痛苦呻吟惊醒，即刻自邻室奔来，急点灯观察。似有人将雨窗撬开，潜入春琴卧房，因觉察佐助起身，未及窃取一物便逃之夭夭。环顾四周，已不见其踪影。彼时该贼人惊慌之余，顺手抄起铁壶，掷向春琴头部，壶中烫水飞溅，春琴丰颊白如瑞雪，不幸留下些许烫伤。虽白璧微瑕，花容月貌如故，然春琴日后为此微痕甚感羞惭，常以绉绸巾遮面，终日笼居室内，不肯现身人前，虽亲族门人亦难窥见其貌，以至生出种种臆测。"

《春琴传》又曰："盖其伤痕轻微，无损于天赋美貌。至于为何避不见人，乃其洁癖所致，视微伤为耻，实乃盲人多虑也。"又曰："然不知是何因缘，数十日后，佐助亦患白内障，顷刻间双目昏黑。待感觉眼前蒙眬一片，渐次不能辨物时，佐助即刻迈着盲人步履蹒跚，摸索着行至春琴面前，狂喜大呼：'师傅！佐助已双目失明，此生不复再见师傅容颜之微瑕也。可谓失明得其时哉。此必为天意耳。'春琴闻之，怃然良久。"佐助出于对师傅的深厚情意，不忍说破真相，而传记中关于此事经过的叙述只能看作有意遮掩。佐助突然间患上白内障的说法让人难以置信。再者，纵然春琴的洁癖多么严重，盲人怎样多虑，倘若是无损于她天生丽质的烫伤，又为何用头巾遮面，不复见人呢？因此，事实应该是春琴的花容月貌已变得惨不忍睹。

据鸭泽照老妪及其他两三个人的说法，那人先潜入厨房，生火将水烧开后，提着开水壶闯进卧室，将壶嘴对着春琴的脸部浇下了开水。那贼人本是为此目的而来，既非一般的盗窃，也并非因为过于慌张。当夜，春琴完全不省人事，直到次日清晨才恢复了知觉。然而烫得溃烂的皮肤却花了两个多月的时间方才愈合，可见其烫伤相当严重。

关于春琴惨遭毁容后的模样，一时流言四起，诸如"春琴头发脱落，左半边脑袋全秃了"等。这些传言也不能一律说是毫无根据的臆测。佐助从此双目失明，当然看不见春琴的容貌了。但是《春琴传》中所谓的"虽亲族门人亦难窥见其貌"，事实是否真是这样呢？绝对不让他人看见，恐怕难以做到吧，至少这位鸭泽照老妇就不可能没见过。但是，鸭泽照也尊重佐助的意愿，绝不把春琴的真实面容说给他人。我也曾试探着问过她，她并不详谈，只是委婉地告诉我："佐助始终认定师傅是一位绝色美女，所以我也一直这么认为。"

春琴去世十余年后，佐助曾向身边的人讲起过自己失明的过程。依据这些，人们才得以了解当时的详细经过。春琴遭到暴徒袭击的那天晚上，佐助同往常一样，睡在春琴闺房的隔壁。当佐助听到响动，睁开眼来，发现长明烛灯已熄灭，只听到黑暗中有人在呻吟。佐助大惊，翻身跃起，先点上灯，然后提着长明灯朝屏风后的春琴的床铺走去。佐助借着昏暗的纸灯笼映在金色屏风上的反光，环视了屋子一圈，没有发现凌乱的迹象，只见春琴枕边扔着一把铁壶。被褥中，春琴静静地仰卧着，却不知为何呻吟不休。佐助起初以为春琴在做噩梦，便一边喊着"师傅，你怎么啦？师傅……"一边走近枕边。正想把春琴摇醒时，他不禁啊呀大喊了一声，立即用手捂住自己的眼睛。春琴气息奄奄地对他说："佐助，佐助，我的脸被烫烂了吧，千万别看我的脸啊。"她边说边痛苦地扭动着身子，胡乱挥着双手，想要把脸遮住。佐助见状，便说："请师傅放心，我不看你的脸，一直闭着眼睛呢。"说罢，他便把提灯挪到了远处。春琴听佐助这么说，也许是放松了便昏了过去，之后也一直处于昏昏沉沉的状态，不停地说着胡话："今后也不要让人看到我的脸，这件事一定要保密呀。"佐助安慰道："不会那么严重的。请师傅放宽心吧。等到伤口愈合后，师傅就会恢复到原来的模样的。"可是春琴听了，反驳道："这样严重的烫伤，怎么可能恢复到原来的模样呢？我不想听你这种宽心话，还是别看我的脸为好。"

随着神志渐渐恢复，春琴愈加执拗地重复这些话。除了医生之外，她甚至不愿意让佐助看到自己的伤情，每逢换药和换绷带时把所有人都赶出病室。由此可知，佐助也只是在出事当晚，赶到春琴枕边的那一刻，看了她被烫伤的面部一眼，但他不忍直视，立刻背过脸去了。因此，在飘忽的灯影里，春琴留给佐助的印象不过是一种不像人脸的怪异幻影而已。此后，佐助看到的春琴，也只是从绷带间露出鼻孔和嘴巴的样子。可以想见，正如春琴怕被人看见一样，佐助也怕看到春琴的脸。他每次走近春琴的病榻时总是尽量闭上眼，或把视线移到别处。所以，春琴的面貌逐渐变成了什么样子，实际上佐助并不知道，况且他还主动避开了知道的机会。

因治疗调养得法，春琴的烫伤创面日渐好转。一天，病房里只有佐助一人侍坐时，春琴很苦恼似的突然问道："佐助，你看到过我的脸吧？"佐助答道："没有，没有，师傅说不准看，我怎敢违背师傅的吩咐呢！"春琴便道："我的伤眼看快要好了，等除去了绷带，医生也不再来了。到时候，别的人且不管，可是不得不让你看到我的这张脸啊。"就连一向要强的春琴似乎也受到了打击，竟破天荒地流了泪，频频从绷带上拭去泪水。佐助也神情黯然，无言以答，唯有相对而泣。最后，佐助仿佛打定了什么主意似的说道："我保证做到不看师傅的脸，请师傅放心吧。"

几天后，春琴已经能下床了，伤口基本愈合，随时都可以拆去绷带了。就在这个时候，一天清晨，佐助偷偷从女仆屋里拿来她们用的镜子和缝衣针，然后端坐在床铺上，看着镜子，把针往自己的眼睛里扎。佐助并不了解用针刺眼睛就会失明的常识，无非是想用尽可能简便而又不痛苦的办法使自己变成盲人。他试着用针刺入左眼的黑眼珠，要刺中眼珠似乎并不那么容易。眼白较硬，针刺不进去，黑眼珠毕竟软些，轻轻两三下，只听扑哧一声刺进了两分左右，顿时眼前一片白浊。他知道自己已经失去了视力，既没有出血或灼热感，也没有感到疼痛。大概是破坏了水晶体组织的缘故，造成了外伤性白内障。接着，佐助又以同样的办法刺中右眼珠，就这样转瞬之间，两只眼睛都看不见了。不过，听说刚刺瞎后，他还能模模糊糊看到物体的形象，大约过了十天以后就完全看不见了。

过了不久，春琴能下地了。佐助摸索着走进里间，匍匐在春琴面前说："师傅，我成了盲人，一辈子也不能看见师傅的脸了。""佐助，这是真的吗？"春琴只问了这么一句，便陷入久久的沉思。佐助有生以来从未感受过这几分钟沉默给

083

予他的这般巨大的快乐。据说古时的恶人七兵卫景清[①]，因看到源赖朝[②]智勇双全，遂断了复仇之念，发誓不再与此人相见，剜去自己的双眼。佐助虽动机不同，其志之悲壮却是同样。虽说如此，春琴所期望的真是如此吗？前些天她流着泪对佐助说的话，是否即是"既然我已遭此难，希望你也成为盲人"之意？此事实在难下定论。不过，当听到春琴说的短短那句"佐助，这是真的吗"时，佐助仿佛感到师傅喜悦得浑身战栗。在师徒二人相对无语的那段时间里，只有盲人才具有的第六感在佐助的感官上萌生。他自然而然地体会到春琴心中唯有对自己的感谢之意，并无他念。

佐助感到，迄今为止，自己虽与师傅有着肉体关系，但是两颗心一直受师徒之别的阻隔，而今终于紧密相连，融为一体了。少年时期自己躲在壁橱中的黑暗里练习三弦琴的记忆复苏了，但此时心境与那时全然不同。大凡盲人还具有一

---

① 平景清：生卒年不详，是平家最勇武的勇士，为其伯父报仇而被人出卖，被源氏以"恶七兵卫"之名通缉。源赖朝的手下和田义盛将其活捉的翌年三月，平景清绝食自杀。他成为盲人的故事在谣曲和净琉璃中都有记载。
② 源赖朝（1147—1199）：镰仓幕府第一代将军。

些对光的方向感，因此盲人的视野是蒙眬的，并非一片漆黑。佐助明白：自己现在虽然失去了外界的眼睛，却同时睁开了内界的眼睛。"呜呼！原来这就是师傅居住的世界！现在我终于能够和师傅居住在同一个世界里了。"佐助衰退的视力已经看不见屋子里的东西和春琴的模样，唯有春琴那被绷带裹住的面孔依然白蒙蒙的，映在他的视网膜上。佐助觉得那不是绷带，而是两个月前师傅那张银盘般白皙丰满的脸，浮现在混沌的光环中，宛如那接引佛①一般。

春琴问："佐助，你痛不痛啊？"

佐助答道："不痛，一点儿也不痛。同师傅遭的大难相比，我这点痛根本不足挂齿。那天晚上，恶徒潜入房来，使师傅蒙此大难，我却兀自睡得死死的，实在是疏忽大意。师傅让我每晚睡在隔壁，正是为了防备万一，却因我的不慎让师傅蒙受苦难，自己却安然无恙。我心中愧疚万分，唯有朝

---

① 接引佛：平安时代中期开始出现的佛像，画有阿弥陀佛领着众菩萨由极乐净土下来迎接世人。

夕向神灵祈求：'请老天也赐给我灾难吧。如此下去，我实在无地自容。'感动上苍，得偿所愿，真是幸运之至。今天早晨起床，就发现两眼看不见了。这一定是神灵见我心诚，垂怜于我，遂我心愿吧。师傅，师傅，我已看不到师傅改变了的容貌。而今我能见到的，只有师傅三十年来一直烙印在我眼底的、令我难忘的容颜。请师傅像从前那样放心地让我在身边服侍吧。因突然失明，恐怕动作笨拙，做事多有不如意之处，但是，至少师傅日常生活上的贴身琐事还是请交给我来做吧。"说罢，佐助将盲目朝着发出一团白蒙蒙的圆光方向——春琴的脸望去。

春琴便说："你竟然为了我这般决绝，我心里欢喜。可是我不知得罪了何人遭此灾难，说心里话，我宁愿让别人看到我现在的这副丑样，也不能让你看到。你真是深知我心哪。"

佐助答道："感谢师傅夸赞。师傅这番话太让我高兴了，这是即便用双目失明也换不来的。歹人企图让师傅和我整天愁眉苦脸地生活而加害于师傅。虽不知那歹人是何处何人，但若想通过让师傅毁容而使我痛苦，那我就不再看师傅的脸好了。只要我也成了盲人，师傅遭受的灾难不就等于不曾有过吗？那个家伙的罪恶企图化为了泡影，恐怕他做梦也想不到会竹篮打水一场空吧。说实在的，我不但没有感到不幸，反而觉得无比幸福。一想到那个卑鄙之徒反倒让我占了个便宜，因祸得福，心里别提多痛快了。"

"佐助，什么也别说了。"同为盲人的师徒二人相拥而泣。

对他们二人转祸为福后的生活情况，最为了解的健在者只有鸨泽照老妇一人了。老妇今年七十一岁，她作为内弟子住进春琴家中是在明治七年，那年她十二岁。她除了跟着佐助学丝竹之艺外，还在两位盲人师傅之间担任某种不同于引路人的"照料者"角色。由于一位是仓促间成了盲人，另一位虽是自幼失明却过惯了衣来伸手饭来张口的奢侈生活，因此非得有一个人居中打理不可。于是他们决定雇佣一位老实厚道的少女。鸨泽照被雇佣后，为人本分，深得二人的信任，遂被长久留用。据说春琴去世后，她又照料佐助，直至佐助于明治二十三年获得检校之位为止。鸨泽照在明治七年进入春琴家中时，春琴已四十六岁，自遭难后过去了九个春秋，可算是老妇人了。她听人说，春琴因某种原因不让别人看到面容且不准别人看。平日春琴总是身着凸纹纺绸圆领罩衣，跪坐在厚厚的坐垫上，头上裹着一条黄褐色的绉绸巾，只露出鼻子。头巾两个边角垂至眼睑，遮住了整个脸颊和嘴。

佐助刺瞎双眼时是四十一岁，即将跨入老年的失明，其生活之不便可想而知。然而，他对春琴依然照料得无微不至，竭尽所能不让春琴感到丝毫不便。旁人看了都不禁为之心痛。春琴也看不上其他人的伺候，常说："照料我的日常起居，即便是明眼人也干不好。只有佐助最熟悉，多年来已养成习惯了。"从穿衣、沐浴到按摩、如厕等，她仍然依赖佐助。而鸨泽照的任务，与其说是伺候春琴，倒不如说主要是照料佐助。她几乎没有直接碰过春琴的身体。只有伺候春琴吃饭一事，没有鸨泽照是不行的。除此以外，鸨泽照只是帮着递送需要的东西，间接地协助佐助伺候春琴。以沐浴为例，她只需将二人送到浴室门口，然后退下，等听到拍手声传来再进去接他们。每次走进浴室，春琴都已经沐浴完，穿好了浴衣，包着头巾，就是说沐浴的一应事宜均由佐助一个人承担。一个盲人究竟是如何为另一个盲人洗浴的呢？大概就如春琴曾经用手抚摸那老梅树干一样吧，有多么困难可想而知。况且事事如此，岂不累煞人也？佐助竟然能够长年累月地坚持至今，旁人都为此感慨不已，然而当事人似乎乐在其中，默默无语地互相表达着细腻的爱情。说起来，盲人之间依靠触觉所感受到的爱的快乐，正常人毕竟是无法想象的。佐助就是这样献身般服侍着春琴，春琴也乐于享受，彼此丝毫不觉疲惫也在情理之中。

佐助除了照料春琴，还要挤出时间教授众男女门徒学艺。当时，春琴过着闭门谢客的日子，她给佐助起了个雅号"琴台"，将教授弟子诸事全部交给了佐助。那块"音曲指南"的招牌上，也在"鹑屋春琴"旁边添上了小号字的"温井琴台"。佐助的忠义和温顺早已深得左邻右舍的同情，所以前来学艺的门徒反而比春琴时期更多。滑稽的是，佐助在教学的时候，春琴独自待在内室，沉醉于黄莺的鸣啭。但是，每当她需要非佐助亲自过来处理不可的事情时，即便佐助正在上课也会大声喊叫"佐助、佐助"。佐助只要一听到呼唤，不管在做什么都会立刻放下，赶回内室。因此缘故，佐助总是担心春琴，从不外出讲课，只在家中教授门徒。这里必须说明一下：其时，道修町春琴家的鹋屋店铺已日渐衰败，每月的生活费也多有中断。若非如此，佐助又何必收徒教授音曲呢？佐助犹如一只单羽鸟，于忙碌中还要不时抽出时间飞到春琴身边去照看她。想必佐助虽在上课却是心神不定，而春琴也同样为此而愁苦吧。

　　佐助接替师傅带徒授艺，勉勉强强地维持着一家的生计，可是为什么不和春琴正式结婚呢？难道春琴的自尊心使她仍旧拒绝成婚吗？鹋泽照老妇曾亲耳听佐助对她说其实春琴已经不再坚持了，倒是佐助看到春琴的变化不禁悲从中来——他无法想象春琴变成了一个可悲可怜的女子。佐助毕竟已双目失明，闭合了看现实世界的眼睛，跃入了永劫不变的主观之境。他的视野里，只有过去的记忆。倘若春琴因遭灾而改变了性格，那么她就不再是春琴了。佐助的脑海里永远是那个骄傲的春琴。如果她改变了，那么他眼中烙印的美貌的春琴形象便在顷刻间崩塌。由此推测，不想结婚的一方并非春琴，倒是佐助。对佐助来说，现实中的春琴乃是唤起他心目中那美好的春琴的一种媒介，为此他尽力避免与春琴平起平坐。他不仅严守主仆之规，而且比从前更谦卑地竭尽全力伺候她，努力让春琴早日忘却不幸，恢复昔日的自信。

即便是授课后，佐助也一如从前，甘于微薄的薪金，过着和其他男仆一样陋衣粗食的日子，把全部收入供春琴使用。他还为了节省其他开销，裁减了仆人，处处精打细算，唯独满足春琴的需求时丝毫不变，因此失明之后，佐助比从前加倍辛劳了。据鹓泽照说：当时，众门徒看到佐助的衣着太过寒酸，甚为同情，有人委婉地劝他稍微修整一下，但佐助不以为然。时至今日，他仍不准众门徒称呼他"师傅"，必须叫他"佐助君"。这令众徒弟十分为难，只好尽可能不称呼他。唯有鹓泽照一人例外，因职务之故不得不称呼他。她总是称春琴为"师傅"，称佐助为"佐助君"，也就习惯成自然了。春琴去世后，佐助之所以把鸨泽照当作唯一可以说话的人，时常一起回忆有关春琴的往事，也是因为有着这样一层关系。

后来，佐助成了检校，不必再顾忌春琴了，所以人们都称他为"师傅"或者"琴台先生"。但他仍喜欢鸨泽照称他"佐助君"，不让她用敬称来称呼。他曾对鸨泽照这样说过："世人都以失明为不幸。可是我自己失明后，不但没有这种感觉，恰恰相反，觉得这世界仿佛变成了极乐净土，仿佛只有我和师傅两个人住在莲花座上似的。这么说是因为双目失明后，我看到了许许多多失明之前看不到的东西。就连师傅的容貌，也是在失明以后才深深感觉如此美丽动人。还有，师傅的手足如此细嫩，肌肤如此润滑，嗓音如此优美，也都是我失明之后方才深刻体会到的，为什么未盲时没有这种感受呢？太不可思议了。尤其是双目失明之后，我才领略到了师傅弹奏的三弦琴音色竟是那般美妙绝伦。以往虽然口中常常说'师傅是此道的天才'，直到现在才明白了这一评价的真正含义。相比之下，我的技艺还不够圆熟，差距之大出乎意料。一直以来我却对此没有察觉，真是可惜可叹！失明使我意识到了自己的愚蠢。所以说，即使老天要让我重见光明，我也会拒绝的。无论是师傅还是我自身，正是失明才使我们品昧到了明眼人无法体会的幸福。"

佐助的这番话毕竟局限于他个人的主观感觉，所以到底有多少符合客观情况尚可质疑。但是，别的姑且不说，单就春琴在技艺上的造诣不正是以此不幸为转机，获得了显著的进步吗？纵然春琴在音曲方面拥有天赋，若不曾尝过人生的辛酸悲苦，也难以悟得艺道的真谛！她自幼一直骄纵任性，对他人过于苛求，自己则不知辛劳和屈辱为何物，对她的骄横傲慢也不曾有人敢冒犯。然而上苍却将酷烈的考验降于她，使她一度命悬一线，击碎了她的增上慢①。可见，毁容之灾从多种意义上说，对她而言相当于一味良药，使她得以在爱情和艺术上进入了从不曾梦想过的三昧之境。

---

① 增上慢：佛语，"于未证得殊胜德中，谓已证得，名增上慢"（《俱舍论》），意为对道理只是一知半解，却认为自己全部知道了，起了慢心，自认胜过他人。

鹈泽照屡屡听到春琴为打发无聊的时间而独自抚弦，并且看到侍坐一旁的佐助，心醉神迷地垂首倾听。众门徒听到自内室流淌而出的精妙弦音，无不为之诧异，纷纷议论："那三弦琴内莫非装有特别的机关不成？"在这段时间里，春琴不光磨炼抚琴之技，还潜心于作曲，经常在深更半夜里用指甲轻轻来回拨弄琴弦的各个音阶，试着连缀成曲。鹈泽照记得春琴创作的《春莺啭》和《六棱花》两首曲子。前几天，这位老妇曾弹给我听过，感觉曲调富于独创性，从中足以窥见春琴的作曲家天分。

春琴于明治十九年六月上旬患了病。患病前几天，她曾同佐助一起下至中庭，打开最珍爱的云雀鸟笼，将云雀放向空中。云雀不停地鸣叫着，一直飞往高高的云端。鹈泽照看见两位盲人师徒手牵着手，仰望着天空，倾听云雀的鸣啭声自高远的空中落下来。可是，左等右等，过了许久许久也不见云雀飞落下来。由于时间过长，师徒二人都担心起来。就这样等了一个多小时，云雀最终也没有飞回笼里来。此后，春琴便一直怏怏不乐，不多久就患上了脚气病①。到了秋天，春琴的病势越发沉重，最终在十月十四日因心脏麻痹告别了人世。

除了云雀外，春琴家中还养着第三代天鼓。春琴去世后，这只天鼓还活着，但是佐助很久都不能平复悲痛，每次听到天鼓的鸣叫声便会流泪不止。他一有闲暇便跪在佛前焚香，有时用古筝，有时用三弦琴弹奏《春莺啭》。此曲以"缗蛮黄鸟，止于丘隅"②起头，乃春琴的代表曲作，可谓倾尽了她的心血。曲词虽短，却配以极复杂的间奏。春琴是听着天鼓的鸣啭声构思出这支曲子的。间奏的旋律从"即将解冻黄莺泪"③的深山积雪开始融化的初春季节开始，把人们引入千姿百态的美景中——水位渐高的潺潺溪流，东风到访的松籁之声，以及那山野烟霞、芬芳梅香、如雪樱花。曲子含蓄地

① 脚气病：由维生素 B₁ 缺乏引起，以消化系统、神经系统和心血管系统症状为主的全身性疾病。
② 语出《诗经·小雅》。缗蛮，指美妙的鸟鸣声，《诗经》中原为"绵蛮"，在《大学》中作"缗蛮"。
③ 语出《古今和歌集》二藤后条原高子所作的春歌，原文此句为：鶯（うぐひす）の　凍（こほ）れる涙（なみだ）今（いま）や溶（と）く覽（らむ）。

诉说着啼鸟飞越山谷雀跃枝头的心声。

春琴生前一弹奏此曲，那天鼓也会欢喜得高声鸣叫，与弦音一争上下。也许天鼓听到此曲，会想起自己出生的溪谷，向往那辽阔天地间的灿烂阳光吧。而今佐助弹奏《春莺啭》时，他的心魂会飞到什么地方去呢？他已习惯凭借触觉世界这一媒介凝视主观意象中的春琴。难道他是想以听觉来弥补失明的缺陷吗？人只要不失去记忆，就能够在梦里与故人相见。但是，对一直只能在梦中见到钟爱的女人的佐助而言，恐怕很难确切说出与春琴死别的具体时刻吧。

顺便提一句，除了前面提到过的那个孩子外，春琴同佐助还生过二男一女。女儿出生后就夭折了。两个男孩都是在襁褓中就送给了河内的农家。春琴去世后，佐助似乎并不思念这两个孩子，不打算领他们回来。孩子们也不愿回到双目失明的亲生父亲身边。所以，佐助晚年既无子嗣亦无妻妾，是由众门徒照料起居的。明治四十年十月十四日，恰逢光誉春琴惠照禅定尼的祥月忌日这一天，佐助以八十三岁高龄离世。

由上述情况推测，在长达二十一年的孤独岁月中，佐助在自己心中塑造出了一个与生前的春琴迥然不同的春琴形象。这样的春琴，多年来越来越清晰地浮现在他的脑海里。据说天龙寺①的峨山和尚②听闻佐助刺瞎自己双眼一事后，赞赏佐助深得转瞬之间切断内外、化丑为美之禅机，赞曰："近乎达人之所为也。"不知诸位读者，能否认同？

---

① 天龙寺：位于京都岚山，建于 1339 年，为临济宗天龙寺院派总院，是足利尊氏、梦窗疏石开创，京都寺院五山之首。
② 峨山和尚（1852—1900）：天龙寺第三代住持。

图书在版编目（CIP）数据

春琴抄 /（日）谷崎润一郎著；竺家荣译 . -- 北京：作家出版社，2024.11. --（谷崎润一郎经典典藏）.
ISBN 978-7-5212-3148-9

Ⅰ. I313.45

中国国家版本馆 CIP 数据核字第 2024MA2579 号

春琴抄

作　　者：［日］谷崎润一郎
译　　者：竺家荣
责任编辑：田一秀
装帧设计：芬　妮
出版发行：作家出版社有限公司
社　　址：北京农展馆南里 10 号　　　邮　　编：100125
电话传真：86-10-65067186（发行中心）
　　　　　86-10-65004079（总编室）
E-mail:zuojia @ zuojia.net.cn
http://www.zuojiachubanshe.com
印　　刷：河北京平诚乾印刷有限公司
成品尺寸：128×175
字　　数：44 千
印　　张：3.25
版　　次：2024 年 11 月第 1 版
印　　次：2024 年 11 月第 1 次印刷
ISBN 978-7-5212-3148-9
定　　价：49.00 元
